www.united-pc.eu

AUF MESSENGER VERBUNDEN

– LOVE CRIMES IM INTERNET –

Karolin von Siol

„EVERY HEART SINGS A SONG,

INCOMPLETE, UNTIL ANOTHER HEART

WHISPERS BACK.

THOSE WHO WISH TO SING ALWAYS FIND A

SONG.

AT THE TOUCH OF A LOVER, EVERYONE

BECOMES A POET."

PLATO

EINE SCHWERE ENTSCHEIDUNG

Beklommen blickte sie auf das Schild neben der schweren hohen Eichentür: LKA – Landeskriminalamt.

Sie drückte auf den abgenutzten Türknauf.

Die Türe ließ sich aber nur öffnen, wenn sie sich mit ihrem ganzen Körpergewicht dagegenstemmte.

Doch plötzlich verließ Eva der Mut. Die schwere Tür fiel wieder ins Schloss. Hastig überquerte sie die Straße und setzte sich auf eine Parkbank gegenüber der Behörde.

Solche Straßen, die mit wunderschönen, alten Lindenbäumen gesäumt waren, gab es nur noch selten in den großen Innenstädten.

Sommerlich warm war es mit stahlblauem Himmel und die wenigen weißen Wölkchen bewegten sich kaum vom Fleck.

„Nie passt das Wetter zur Stimmung", dachte sie.

„Du ziehst immer so komische Typen an", sagte ihre Schwester manchmal besorgt.

Aber dann geschah etwas Unerwartetes. Ein Mann meldete sich auf dem *friendship request* ihres *social Networks.* Es war ein US-amerikanischer Vier-Sterne-General. Eva fand diesen Mann aber gar nicht komisch, wie es ihre Schwester etwas ironisch ausdrückte. Sie nahm dieses Angebot sogar sehr ernst. So ernst, dass sie sich nach kurzer Zeit Hals über Kopf in ihn verliebte.

„Warum spielt das Aussehen einer Frau eine so wichtige Rolle bei der Partnerwahl?", fragte sie sich manchmal etwas betrübt.

„Aber was soll's!", überlegte sie und fuhr sich mit der Hand durch ihre unordentlichen Haare, als ob sie mit dieser fahrigen Handbewegung gleichzeitig auch die störenden Gedanken wegwischen konnte. Sie war schon lange nicht mehr auf Partnersuche. Um eine Familie zu gründen, fehlte ihr die Zeit. Aber es war ja ohnehin schon zu spät!

Deshalb achtete sie auch nicht mehr so stark auf ihr Äußeres, vernachlässigte sich manchmal sogar, vergaß, sich zu schminken, und ihr ungeschminktes Gesicht wirkte immer etwas müde und blass. Dessen war sie sich wohl bewusst, aber es war ihr schon lange gleichgültig. „Ich habe einen guten Beruf, verdiene viel Geld und kann mir einen Sechser-BMW leisten", dachte sie trotzig.

Hatte ihre Schwester wirklich recht, dass sie diese Limousine mit der auffallend rubinroten Farbe nicht in ihrem Friendsbook zeigen sollte? Das Cabriolet-Modell mit dem beigen Hardtop war doch ihr ganzer Stolz und die Belohnung ihres eintönigen und einsamen Lebens. „Dieses Auto habe ich mir verdient und ich muss mich vor niemandem dafür rechtfertigen. Und ich muss mich auch nicht durch ein teures Auto definieren", dachte sie trotzig. „Das tun doch nur Männer!" Belog sie sich gerade selbst? Sie war sich nicht ganz sicher.

Sie hatte zwar nicht nach diesem US-amerikanischen General gesucht und auch keine Partnerbörse bemüht. Jedoch löste das Foto dieses Mannes Schmetterlinge in ihrem Bauch aus, wenn sie ihn auf ihrem Display immer wieder betrachtete. Das tat sie ganz automatisch, wenn sie ihren *Messenger* einschaltete.

Sie konnte sich gar nicht erinnern, wann sie dieses aufregende Gefühl zum letzten Mal verspürt hatte.

Eva hatte ihn angeklickt und ihr Computer informierte sie: *Ihr seid jetzt auf Messenger verbunden!*

Das angenehme Gefühl in ihrer Magengegend verstärkte sich. Er war ein amerikanischer General und dieser General begann so unerwartet eine so wunderbare Unterhaltung mit ihr und er sagt ihr Worte, die sie schon lange nicht mehr von einem Mann gehört hatte.

Es wurde immer aufregender, mit ihm zu chatten und sein freundliches, lächelndes Gesicht zu betrachten. Dieser Mann gefiel ihr. Jugendlich geblieben war er, ein schmales Gesicht mit hoher Stirn, obwohl er bestimmt schon auf die Sechzig zuging. Seine olivgrüne Uniform mit den bunten *Awards decorations* auf der linken Seite der Militärjacke ließen auf ein hochrangiges *U.S. service member* schließen.

Jeden Tag wollte sie sein Lächeln sehen und ihr grauer Alltag schien sich plötzlich in ein malerisches, buntes Kunstwerk zu verwandeln, ähnlich wie bei einem Maler, der vor einer weißen Leinwand steht und zu malen beginnt. Sie fühlte sich plötzlich so leicht wie schon lange nicht mehr, als ginge sie auf rosaroten Wölkchen. Und Eva fand, dass sie das auch verdient hatte, nach all den langen, einsamen Jahren.

Er tauchte aus dem Nichts auf und nahm völlig Besitz von ihr. Sie glaubte plötzlich wieder an eine Zukunft mit dem Mann ihrer Träume. Sie wollte es einfach glauben, sich dieser Hoffnung hingeben, auf ein spätes Glück hoffen. Aber manchmal fragte sie sich auch nüchtern, woher dieser Mann eigentlich kam.

Eva war ein eher unauffälliger Typ mittleren Alters, nicht besonders groß und schon ein bisschen mollig um die Hüften. Sie hatte ein rundliches Gesicht, das angenehm wirkte. Es fehlten jedoch die signifikanten Merkmale, die eine weibliche Person ausmachten, um Aufmerksamkeit und Interesse beim männlichen Geschlecht hervorzurufen.

Keine außergewöhnliche Augenfarbe oder ein sinnlich geformter Mund mit strahlend weißen Zähnen, keine hohen Wangenknochen oder eine ovale Gesichtsform, keine schön geformte Nase.

„Darling", schrieb er ihr auf Messenger, „ich bin so froh, dich gefunden zu haben, ich diene schon lange in der amerikanischen Armee und möchte bald in Pension gehen und noch einmal ein neues Leben beginnen.

Ich bin Witwer und träume davon, mit einer Frau wie dir noch einmal neu anzufangen."

„Warum nur sehe ich nicht attraktiver aus?", dachte sie.

Nie konnte sie auffällige Sachen tragen, keine engen Jeans und figurbetonte T-Shirts. Oh, wie sie diese Frauen beneidete, diese großen, langbeinigen Geschöpfe mit ihren wilden, langen Haarmähnen, die immer alle Männerblicke auf sich zogen.

Wie gerne würde sie für diesen Mann noch einmal jünger und attraktiver aussehen. „Immerhin", dachte sie, „trage ich ein gepflegtes Outfit, eine teure, hellbraune Lederjacke." Dabei strich sie sich gedankenverloren mit der Hand über das weiche Nappaleder ihrer Jacke. Schwarze Hosen aus teurer, glänzender Seide, nicht besonders eng, das konnte sie sich nicht mehr leisten.

Sie trug jedoch immer echten Schmuck von Bulgari oder Cartier und der Schmuck stand ihr gut, verlieh ihrer Person etwas Edles, wertete sie auf. In diesen Dingen war sie sehr wählerisch.

Ihre Schwester Gloria hatte recht, sie fühlt sich ihr gegenüber oft minderwertig. Gloria gab ihr auch das Gefühl, irgendwie weniger wert zu sein, weil sie keinen Ehemann und keine Kinder hatte.

Sie musste jetzt zu dieser Behörde gehen und eine Anzeige gegen den Mann erstatten, den sie immer noch liebte. Das war der Grund, warum sie in dieser Vormittagshitze auf der Parkbank saß, mitten in der Innenstadt von München.

Viele Autos fuhren an ihr vorbei, an diesem sonnigen Tag, und Passanten mit schweren Einkaufstaschen eilten zu ihren Autos in die überfüllten Tiefgaragen oder suchten ihren PKW auf den überfüllten Parkplätzen.

„Sie wollen die starke Mittagshitze meiden", dachte sie und war selbst froh, im Schatten zu sitzen.

Niemand beachtete sie, obwohl sie jetzt schon fast eine halbe Stunde alleine auf der grün gestrichenen Holzbank unter der großen Linde saß. Die Sonne, die so intensive Strahlen durch die Baumkrone schickte, hatte keine Chance. Die hellgrünen Lindenblätter ließen die Hitze des Sommertages nicht durchdringen. Der kühle Schatten des Baumes spendete ihr Trost und sogar ein wenig Zuversicht. Es war August in München. Sie versuchte, sich aufzuraffen. Es fiel ihr schwer.

Sie musste jetzt eine Anzeige aufgeben. Eine Betrugsanzeige gegen diesen Mann, in den sie noch vor Kurzem so leidenschaftlich verliebt war.

In der großen, kühlen Halle roch es nach Behörde.

„Komisch", dachte sie, „immer der gleiche Geruch."

Muffig! Sie klopfte an die Tür im zweiten Stock, Zimmer 122.

„Herein!"

„Bin ich hier richtig, Betrugsdezernat?"

„Ja", die Beamtin blickte von ihrem Schreibtisch auf und sah sie streng an.

„Kommen Sie nur rein, worum geht's denn? Wie heißen Sie, bitte?" Sie strahlte die typische Beamtenautorität aus.

„Eva Harmsdorf! Ich bin 58 Jahre alt!"

„Ich habe Sie nicht nach Ihrem Alter gefragt, sondern nach Ihrem Namen." Die Beamtin lächelte gekünstelt.

Eva wiederholte ihren Namen etwas lauter.

Nervös nestelte sie an ihrer beigen Ledertasche,

ihr Gesicht war blass.

„Und wie alt sind Sie bitte, Frau Harmsdorf?

Jetzt können Sie antworten." Es schien ihr, als wolle die Beamtin sie verunsichern.

„Ich bin 58 Jahre alt!", sagte Eva und kam sich vor wie ein Schulmädchen.

„Ja, bitte, und was haben Sie für ein Anliegen?", fragte die Beamtin und wirkte gelangweilt.

Sie trug diese bayerische Polizeiuniform, eine farblich undefinierbare Mischung aus Grasgrün und grauen

Farben und dazu die auffallend hellbeige Hose, die man wohl in keinem anderen Land in dieser unnachahmlichen Spießigkeit finden konnte.

„Ich bin betrogen worden!", sagte Eva beklommen.

„Das nennt man *romantic scam* im Internet", fuhr sie fort, ohne aufzublicken.

„Wie nennt man das? Buchstabieren Sie das mal!", befahl die Beamtin etwas lauter.

„S. C. A. M.! SCAM. Das heißt Betrug auf Englisch." Die Polizeibeamtin, die nicht besonders gut aussah, wollte sich nicht anmerken lassen, dass sie dieses Wort noch nie gehört hatte und auch nichts von diesem angeblichen Liebesbetrug im Internet wusste.

Um ihre Verlegenheit zu überspielen, wurde sie jetzt noch ein bisschen strenger und schaute Eva noch unfreundlicher an. Die Beamtin überlegte sich ernsthaft, ob sie die Aussage dieser älteren Frau nicht als Spinnerei abtun sollte. Sie hatte mit solchen einfältigen, in die Jahre gekommenen Frauen schon einiges erlebt.

Ein männlicher Beamter betrat den Raum, dicklich, Glatze. Einen Moment war es still.

„Das ist Kommissar Rudolph!"

Eva vermutete, dass sie zu zweit sein müssen beim *Verhör*.

„Also, Sie sind im Internet betrogen worden, habe ich das richtig verstanden? Wie sah denn der Mann aus?"

„Sehr gut! Es war ein US-General." Die beiden Beamten tauschten vielsagende Blicke.

„Weiter, bitte", die Polizistin gab sich gelangweilt.

„Ja, er wollte mir Geld schicken und ich sollte dafür eine *German Airport Tax bezahlen!*

Aber ich sollte das Geld ja nur für ihn aufbewahren, bis er den Krieg in Syrien verlassen könne", fuhr Eva hastig fort, machte eine kurze Pause und trat von einem Bein auf das andere. „Ich hätte nicht kommen sollen", dachte sie.

„Er war schon so müde von den vielen Kriegen", fügte sie dann leise hinzu.

„Wie hoch war denn dieser *Airport Tax*-Betrag, Frau Harmsdorf?"

„12.500,00 Euro"

„12.500,00 Euro?", wiederholte die Beamtin ungläubig. Wieder warfen sich die Beamten bedeutungsvolle Blicke zu.

„Er hatte schon seine Pension beantragt", fuhr sie fort.

Eva konnte den mitfühlenden Klang in ihrer Stimme nicht unterdrücken, aber sie sprach leiser.

„Immerhin war er schon über sechzig Jahre alt und hatte fast vierzig Jahre in der Armee gedient."

„Tja, das ist ja interessant, Frau Harmsdorf!" Hörte Eva da nicht eine Spur Ironie in der Stimme der Beamtin?

„Dann wollte er kommen und sein Geld bei mir abholen."

„Etwas lauter bitte, ich kann Sie kaum mehr verstehen. Ach ja, und … um mit Ihnen etwa ein neues Leben zu beginnen?", insistierte sie.

„Liege ich da richtig mit meiner Vermutung?", bohrte die Beamtin weiter und wieder warf sie dem Kollegen einen vielsagenden Blick zu. Die Polizistin konnte den herablassenden und überheblichen Ton in ihrer Stimme nicht unterdrücken.

„Und das haben Sie geglaubt, gute Frau … äh, ich meine, Frau Harmsdorf?" Eva nickte, sie hörte den spöttischen Ton der Beamtin.

Nie hatte sie sich so gedemütigt gefühlt.

Die Beamtin seufzte gekünstelt.

„Tja, und Sie glauben, wir können Ihnen jetzt da helfen, das Geld wieder zurückzubekommen?"

Plötzlich knallte die Polizistin den Kugelschreiber auf den Tisch und stand auf. Eva erschrak bei dem Geräusch.

Die Polizistin setzte sich geräuschvoll und umständlich an einen Computertisch. Ihr Gesichtsausdruck zeigte Ungeduld, aber nicht einen Hauch von Mitgefühl.

Nach einer Pause blickte sie auf, ohne etwas in den Computer getippt zu haben.

„Wissen Sie überhaupt, wie viele Betrüger sich im Internet herumtreiben, gute Frau?" Ihr Ton hatte jetzt etwas Scharfes und gleichzeitig Herablassendes an sich.

„Ich glaube nicht, dass wir Ihnen da helfen können, Ihr Geld wieder zurückzubekommen. Da muss man schon eine gehörige Portion Naivität besitzen, um auf so jemanden hereinzufallen!"

Sie hatte die Ellbogen auf den Tisch aufgestützt, legte beide Hände auf ihr Gesicht, demonstrierte Ratlosigkeit und rieb sich dann pathetisch die Augen.

Eva hatte das Gefühl, als ob sie die Polizistin mit ihrem Anliegen nerven und ihr die Zeit stehlen wolle, die sie schließlich für wichtigere Aufgaben bräuchte.

Und genau das Gleiche dachte auch die Polizistin. Sie musste sich schließlich um echte Verbrechen kümmern, anstatt sich mit diesen liebeskranken, älteren Frauen herumzuschlagen.

Der Polizist nickte vielsagend und schwieg.

„Ich kann jetzt ihre Daten aufnehmen, Frau äh …", sie warf schnell einen Blick auf ihre Notizen,

„Frau Harmsdorf, aber versprechen kann ich Ihnen nichts!"

Eva drehte sich ruckartig um und ging zur Tür.

Sie wollte nur noch nach Hause gehen.

„Bleiben Sie doch da, wir wollen noch Ihre Daten aufnehmen. Sonst können wir Ihnen nicht helfen!"

Die Polizistin merkte, dass sie zu weit gegangen war. Sie fasste sich verlegen an die Nase.

Aber es war zu spät. Eva verließ hastig den Raum, ohne sich zu verabschieden und ohne sich noch einmal umzudrehen.

Der Polizist zuckte mit den Achseln.

WUNSCHLOS GLÜCKLICH

Nach einer aufregenden Ehe, in positiver wie negativer Hinsicht, mit einem erfolgreichen Pariser Geschäftsmann hatte Helen de Bouvier die Scheidung eingereicht und wieder ihren Mädchennamen angenommen:

Helen von Lemberg.

Maurice de Bouvier war Generaldirektor eines großen französischen Pharmakonzerns und Helen war seit neun Jahren mit ihm verheiratet.

Sie lebten in einem Pariser Villenviertel, das nur für Reiche zugänglich war. Keinesfalls war dieses Viertel gesperrt, aber die Kontrollen der privaten Sicherheitsdienste und die unzähligen Bodyguards der wohlhabenden Familien wirkten abschreckend auf Diebe und Einbrecher. Sie waren deshalb für Kriminelle aller Couleur uninteressant.

Nach langem, innerem Kampf kehrte Helen schließlich Paris den Rücken zu und mit Hugo aus Paris nach Deutschland zurück.

Sie liebte ihren Mann immer noch, konnte aber seine Treulosigkeit nicht mehr ertragen. Obwohl sie, nun 52-jährig, noch sehr anziehend auf Männer wirkte, war sie mittlerweile abweisend geworden – aber auch reifer und schöner, langbeinig und sehr selbstbewusst. Auch mit ihrer intelligenten und herzlichen Art machte sie großen Eindruck auf die Menschen in ihrer Umgebung.

Ihre brünetten Haare trug sie sehr lang, das schmeichelte ihrem schmalen Gesicht. Sie fielen glatt und seidig auf ihre Schultern.

Fortwährend strich sie sich die glänzenden Haarsträhnen aus dem Gesicht. Diese Geste hatte etwas sehr Weibliches, fast Erotisches an sich. Nur ihre tiefe Verletzlichkeit legte sich gelegentlich wie ein dunkler Schatten auf ihr Gesicht und erweckte bei Männern Neugierde, aber gleichzeitig auch so etwas wie Mitgefühl. Helen übernahm die Firma ihres Vaters und wollte sich mit großer Konzentration nur noch dieser Aufgabe widmen, sich aber gleichzeitig auch um die Erziehung ihres Sohnes Hugo kümmern. Ihren ersten Sohn, den inzwischen 23-jährigen Magnus, hatte sie alleine großgezogen. Er entstammte einer kurzen, wilden Studentenehe.

Helen interessierte sich nur noch für *die Firma.* Es war ein renommierter Kunstverlag samt dazugehöriger Druckerei. Nebenbei leistete sie sich teure Dressurpferde und schöne Rassehunde.

Sie schien wunschlos glücklich zu sein.

Dennoch schweiften ihre Gedanken oft in die Vergangenheit ab. Ihr Mann Maurice betrog sie während der ganzen Zeit ihrer Ehe. Zunächst versuchte er noch, seine Abenteuer vor ihr geheim zu halten, aber mit der Zeit wurde er immer nachlässiger. Ob sie etwas von seinen außerehelichen Eskapaden erfuhr oder nicht, schien ihm nicht mehr wichtig zu sein. Allerdings sollte das kein Nachlassen seiner Liebe zu ihr bedeuten, wie er ihr immer wieder schwor. Angeblich liebte er sie wie am ersten Tag.

Das *Fremdgehen* ihres Mannes verletzte Helen tief.

Die Geliebten, die Maurice so häufig wechselte wie seine Maßhemden, bedeuteten ihm nicht. Deshalb glaubte er auch nicht, dass er sie betrog. In seinen Augen war das kein Betrug und er verstand ihre ganze Aufregung nicht.

Immer wieder erinnerte sie sich gerne an schöne Stunden in ihrer Vergangenheit. Sie saß mit Maurice in einem prächtigen, alten Park direkt neben der *Maison de Plaisance* bei einem Candle-Light-Dinner. Das war ganz in der Nähe des berühmten Schlosses von Versailles.

Diese wunderbaren Erinnerungen wollte sie trotz ihrer ehelichen Enttäuschungen nicht missen.

Die Buchsbaumbüsche waren künstlerisch in die Form von Tierfiguren geschnitten. Viele Gärtner hatten Hand angelegt, diesen *petit parc,* wie die Franzosen den großen Lustgarten liebevoll nannten, in einen Park aus dem siebzehnten Jahrhundert zurückzuverwandeln.

Eine Legende besagte: Nachdem die berühmte Madame Pompadour im Alter von nur 42 Jahren an Schwindsucht starb, zog die neue wunderschöne

Geliebte des Königs Madame Dubarry beinahe nahtlos als Nachfolgerin in dieses Liebesschlösschen ein.

König Ludwig XV., der mit dem zweifelhaften Ruf in die Geschichte einging, die meisten Mätressen der damaligen Epoche besessen zu haben, schenkte allen seinen Geliebten ein Liebesschloss.

Das Dinner fand vor eben jener *Maison de Plaisance* von Ludwig XV. im milden Abendrot statt. Die romantische Feier war geschmackvoll ausgerichtet für die wohlhabenden und anspruchsvollen Gäste.

Es wurden erlesene Weine gereicht und diese versetzten die Gäste in eine angenehme, prickelnde Stimmung.

Die Männer trugen weiße Smokingjacken und dunkle Hosen mit seitlichen Seidenstreifen.

Die Frauen glänzten in herrlichen Abendroben und trugen funkelnden Schmuck.

Helen hatte das Gefühl, dass das eigentlich der Höhepunkt ihres Lebens sein könnte, wenn sie nicht diese *Freundinnen ihres Mannes* akzeptieren müsste.

Diese Frauen, die sich immer so dreist an ihren Mann heranmachten, weil er es duldete und sogar forcierte.

Helen befürchtete, von diesen Frauen aus ihrer Ehe verdrängt zu werden.

„Cherie, wie kommst du nur auf diese abwegige Idee? Ich verstehe dich nicht", sagte Maurice und hielt ihr sein mit Wein gefülltes Kristallglas entgegen. Er sprach leise und beschwörend auf sie ein, aber mit dieser verführerischen Stimme, die sie so gut kannte und liebte.

„Das bildest du dir alles nur ein, Cherie!", und sein französischer Akzent verstärkte noch seinen Charme.

„Du bist doch in einer sehr starken Position, du bist meine Frau", fuhr er in seinem schmeichelnden Ton fort.

„Du hast alle Annehmlichkeiten dieser Welt und ich liebe dich. Du musst nicht arbeiten, kannst den ganzen Tag durch Paris flanieren und kaufen, was dein Herz begehrt. Du kannst Vernissagen besuchen, so oft du willst. Wie oft hast du deine Bilder in eigenen

Ausstellungen zeigen können? In den besten Galerien von Paris, dafür habe ich schon gesorgt."

Ohne ihre Antwort abzuwarten, fuhr er fort:

„Cherie, bitte, sage mir, wo liegt das Problem?"

„Das weißt du ganz genau!", antwortete Helen schmollend und runzelte die Stirn, stieß aber trotzdem mit ihm an. Die halb gefüllten Weißweingläser erklangen in einem angenehmen, hellen Ton.

„Du musst mir glauben, auf Partys und Events bist du immer die Nummer eins, nämlich meine Frau, Madame de Bouvier. Die Frau an meiner Seite! Meine Königin.

Ich werde dich niemals verlassen, Helen!", flüsterte er ihr zu. Der verführerische Klang seiner Stimme erregte sie.

„Du gehörst zu mir und bist die Mutter meines Sohnes!", fuhr er fort, „Elene", er konnte das H in ihrem Namen nicht aussprechen.

„Ich hätte übrigens gerne noch eine Tochter von dir, dass nur nebenbei!"

Er nahm ihre Hand und küsste sie zärtlich.

„Sie soll so schön aussehen wie du, Cherie!"

Helen schmolz dahin.

„Ich liebe dich ja auch so sehr, Maurice, wenn nur das Problem mit den Frauen nicht wäre."

„Ich bin Franzose, Cherie, musst du wissen und wir französischen Männer, wir können nicht anders.
Wir lieben die Liebe, das ist unsere Natur."

Sie wurden von einem Diener mit weißer Perücke, im Rokokokostüm kurz unterbrochen: Er servierte eine delikate Vorspeise.

„Ja, das ist die Natur dieses *Machos",* dachte sie verbittert, „aber warum tut er mir das an?"

Wenn er mich wirklich so lieben würde, dann wüsste er, wie sehr mir das wehtut.

„Erfülle ich dir nicht alle deine Wünsche? Bist du nicht meine Prinzessin, *mon amour*? Mein *Ein und Alles?*
Die anderen Frauen bedeuten mir nichts! Wenn ich mit dir ausgehe und eine andere Frau sehe, existiert sie nicht für mich, Cherie!"

„Du machst es dir zu einfach, Maurice!"

„Das sind nur unwichtige Abenteuer für mich." Sein Charme, sein französischer Akzent und seine sanfte

Stimme ließen sie wieder weich und nachgiebig werden, wie schon so oft zuvor.

„Was wolltest du haben, Cherie, eine Harley Davidson? Eine 750er oder eine 1000er?"

Sie dachte einen Moment nach, aber bevor sie antworten konnte, sagte er:

„Eine 1000er natürlich! Sollst du haben, Cherie."

Der Gastgeber, ein bekannter französischer Politiker hatte prominente Gäste aus Politik und Wirtschaft geladen, auch aus der Filmwelt. Sogar ein bekannter amerikanischer Oscar-Preisträger, der aus Hollywood eingeflogen wurde, befand sich unter den Gästen. Es fehlten bei dem Event weder bekannte Stars noch junge, hübsche Starlets.

Der Gastgeber stand auf und ließ nun das Glas erklingen, um eine Rede zu halten. Die Diener zogen sich dezent zurück. Die Gespräche verstummten, alle schwiegen und hörten andächtig dem Redner zu.

Die langen Tafeln, an jedem Tisch saßen zehn Gäste, waren gedeckt mit altem französischem Porzellan und

Silberbesteck. Glänzende Tischdecken aus Damast waren üppig geschmückt mit verschwenderischen lachsfarbenen *Rosen-Bouquets* und silbernen, fünfarmigen Leuchtern,

Diese strahlten im hellen warmen Kerzenschein und verbreiteten eine sinnliche Stimmung.

Das liebte Helen so an den Franzosen,

ihr unnachahmliches *Savoir-vivre!*

„Ihr wisst zu leben, zu feiern und zu genießen in jeder Beziehung", sagte Helen und begann mit ihrer köstlichen Vorspeise.

„Cherie, du schmeichelst uns Franzosen, aber ich muss dir natürlich recht geben."

Helen gegenüber saß eine hübsche Französin mit hochgesteckten, brünetten Haaren und einem porzellanartigen Teint. Sie flirtete ungeniert mit ihrem Mann. Helen bemerkte, dass sie unter dem Tisch ihre Füße an seinen Beinen rieb. Ihr Begleiter schien wenig Interesse an Frauen zu haben. „Eigentlich müsste es mir doch wirklich gleichgültig sein", dachte sie. Ich bin mit Maurice verheiratet und nicht *sie*. Helen glaubte ihrem Mann sogar, worauf er sie immer wieder einschwor.

In seiner unnachahmlichen, egozentrischen Art liebte er sie aufrichtig und leidenschaftlich, wie am ersten Tag.

„Wenn ich das aushalten würde, hätte ich den Himmel auf Erden", dachte sie traurig.

Aber sie hielt es nicht aus. Da war dieser Schmerz, der in ihr Herz stach, hinaufstieg bis in ihre Kehle und ihr die Luft abschnürte … und ihr die Tränen in die Augen trieb.

Eilig stand sie auf und hastete in die *Maison de Plaisance* des Gastgebers. Das Schlösschen aus der Zeit vor der Französischen Revolution bot noch immer eine herrliche Kulisse. Jetzt war es der Zufluchtsort für Helen. Diese aus Sandstein gebauten, barocken Liebesnester erfüllten ihren Zweck, auch in der Gegenwart.

Jetzt waren es die Reichen und der Geldadel, der sie nutzte. Die schönen Frauen dienten immer noch ihrer Lust, so wie einst. Und da machte es kaum einen

Unterschied, ob diese Frauen verheiratet waren und das *„Bäumchen wechsel dich-Spiel"* spielten oder ob es teure, schöne Kurtisanen waren. Es gab mindestens zehn Zimmer im ersten Stock, die alle ausgestattet waren, um nach dem Dinner einen, kurzen amourösen Liebesreigen zu eröffnen.

Jetzt hielt der Politiker eine hochmotivierte Rede, der in der Opposition darum kämpfte, so viele Stimmen wie möglich zu gewinnen. Er wollte an die Macht kommen, dabei hofierte er sehr erfolgreich hochrangige Industrielle, die wichtig für ihn waren.

Das Schloss hatte ihm eine reiche, politische Verehrerin vererbt, die kinderlos starb.

Nach einigem Suchen fand Helen die luxuriös eingerichtete Toilette. In dem pompös gestalteten Vorraum hing der große venezianische Spiegel mit den typischen Verzierungen. Er war für die Damen gedacht, die sich frisch machen wollten. Weiche, mit dunkelgrünem Samt bezogene Sessel standen zur Verfügung. Helen setzte sich in einen dieser

Barocksessel an den vergoldeten Schminktisch und tupfte sich ihre Tränen ab. Sie war alleine.

Sie ließ sich viel Zeit, erst trocknete sie ihre Tränen und legte eine neue Camouflage auf, dann puderte sie ihre Nase. Sie war erfüllt von Selbstmitleid.

Nachdem sie sich die Lippen geschminkt hatte, fühlte sie sich wieder stark genug, um an den Tisch zurückzukehren. Sie trat auf den Flur und da wartete schon ihr Ehemann Maurice auf sie. Er war ihr gefolgt.

„Bitte, 'Elen glaube mir. Ich liebe doch nur dich! Wie oft muss ich dir das noch sagen?", redete er unvermittelt auf sie ein.

Sie war größer als er, aber gerade das liebte er so an ihr. Ihre langbeinige, schmalhüftige, nordische Figur.

„Komm, lass uns einen Stock höher gehen und uns ein wenig ausruhen. Ich will, dass du mir verzeihst! Ich weiß, ich habe dich sehr verletzt, 'Elene, und ich will deine Vergebung. Du weißt, ich brauche dich so sehr!"
Sie schaute ihn verächtlich an.

„Warum tust du mir das an?", schrie sie plötzlich viel zu laut.

„Cherie, bitte mach jetzt keine Szene!" Maurice blickte sich nervös um.

Aber schon nach kurzer Zeit konnte sie, wie immer, seinem Charme nicht widerstehen. Er streichelte ihren Nacken und küsste ihre Schultern.

Ihr schwarzes, langes Neckholderkleid aus Chiffon war tief ausgeschnitten, nur ein glitzerndes, schmales Band hielt es im Nacken zusammen. Unter dem Chiffonkleid sah man den schwarzen Spitzen-BH. Besonders der Hals und die schön geformten Schultern kamen mit der glitzernden Diamantkette, die Maurice ihr zu Weihnachten geschenkt hatte, verführerisch zur Geltung.

Alles in ihr sträubte sich, aber die erotischen Gefühle nahmen überhand, wallten in ihr auf, wie eine schäumende Meereswoge.

Das Begehren nahm Besitz von ihr. Sie liebte ihren Mann immer noch, nach so vielen Jahren. Und der Schmerz verwandelte sich in Lust.

Er lockte sie in den Lift, dabei wurden durch den hüfthohen Schlitz ihres wehenden Kleides ihre wohlgeformten Beine mit dem schwarzen, glitzernden Strumpfband sichtbar.

Während der Lift in den ersten Stock fuhr, küssten sie sich leidenschaftlich. Er zog sie in eines der leeren *Separees*. Alle diese geschmackvoll eingerichteten Räume waren vorbereitet, damit sie für die illustren Gäste den erotischen Zweck erfüllen konnten.

Das Dinner war noch nicht beendet.

Sie ließ sich widerstandslos mitziehen. Er öffnete ihr Kleid im Nacken und der schwarze BH wurde sichtbar, auch diesen öffnete er geschickt. Dann streichelte er die glatte Haut ihres schönen weißen Rückens bis zur schmalen Taille hinunter. Auf dem zierlichen Tisch in dem original-französisch eingerichtetem Barockzimmer wartete eine gekühlte *Heidsieck Cuvée Sublime* Champagnerflasche in einem silbernen Eimerchen.

Er ist doch mein Ehemann? Warum komme ich mir vor wie seine Mätresse?

Aber der Gedanke gefiel ihr.

Er verstand es immer wieder, sie so leidenschaftlich zu lieben, und sie genoss dieses Gefühl, von ihrem eigenen Mann verführt zu werden. Es schien ihr, als ob sie sich gerade zum ersten Mal begegnet wären.

Helen ergriff ein fast unerträgliches Verlangen, von ihm auf der Stelle genommen und verführt zu werden. Maurice drückte sie sanft auf das kühle, seidenbezogene Bett.

Fortgetragen von einer Flut höchster erotischer Lust, die sich plötzlich in starke sexuelle Begierde verwandelte.

Dieses Gefühl wollte sie niemals missen!

EINE SPÄTE LIEBE

Zu Hause benutzte Eva den Aufzug, obwohl sie sonst immer schnell die Treppen in den vierten Stock hinauflief, um fit zu bleiben.

Selten hatte sie sich so schwach und kraftlos gefühlt, obwohl sie körperlich völlig gesund war.

Die eben erlebte Demütigung auf dem Polizeirevier löste ein Gefühl der Schwäche in ihr aus.

Zum ersten Mal konnte sie nachvollziehen, warum Menschen so oft Selbstmord begingen. Die Zahl der Selbstmorde lag in Deutschland um fast das Zehnfache höher als jene der tödlichen Autounfälle.

Insbesondere Männer, aber auch Frauen dürfen ihren Kummer in dieser Gesellschaft nicht offenbaren. Müssen ihn so gut wie möglich verbergen, weil sie *funktionieren* müssen, um nicht als Schwächlinge zu gelten. Das führt oft zu Kurzschlusshandlungen.

Sie sah einmal einen jungen Mann, der weinend an ihr vorbeilief. Eva musste sich eingestehen, dass sie hilflos war und es nicht wagte, ihn anzusprechen, um ihn nach seinem Kummer zu fragen.

Sie ließ sich erschöpft auf ihre gestylte, zitronengelbe Couch fallen. Eine Zeit lang saß sie bewegungslos da.

Sie hatte das Gefühl, innerlich völlig ausgebrannt zu sein. Am liebsten wäre sie bis in alle Ewigkeit in dieser Haltung sitzen geblieben. „Ich sollte jetzt meine Oldie-CDs einschalten", dachte sie und versuchte, sich aus ihrer Erstarrung zu lösen!

Creedence Clearwater Revival und PROUD MARY! Was für ein schöner Titel, *PROUD*, das wäre sie jetzt auch gerne. Nur diese sentimentale 70er- und 80er-Jahre Musik konnte ihr jetzt helfen, sich aus diesem Abgrund zu befreien und ihre Stimmung zu heben. Musik war Balsam für ihre Seele, schon von Kindheit an.

Ohne Musik konnte sie sich ihr Leben nicht vorstellen.

DER AMERIKANISCHE TRAUM EINES US-BÜRGERS

Die Universitätsstadt *Chapel Hill* ist ein kleiner beschaulicher und ruhiger Ort in North Carolina.

Die kleine Stadt hat einen Campus mit einem bekannten Basketballteam. Nur selten rahmen weiße Zäune die kurz geschnittenen, gepflegten Rasenflächen der Vorgärten ein.

Diese Vorgärten ohne Zäune sollen den Eindruck vermitteln, dass es so gut wie keine Kriminalität an diesem friedlichen Ort gäbe. Die kleine Stadt, die den typischen amerikanischen Traum der wohlhabenden, weißen Mittelschicht widerspiegelt, war der ganze Stolz der Einwohner. Ein *Modern Art Museum* und ein *Planetarium* runden dieses Bild ab.

Chapel Hill ist frei von jeglichen Skandalen oder schwereren Verbrechen. Die üblichen Studentenpartys sind eher eine Bereicherung als nächtliche Ruhestörung. Eine Vorstadtidylle, die eine heile Welt repräsentiert, in der Farbige nur geduldet sind.

John Robinson war einer dieser *Geduldeten*, da seine Eltern schon seit vielen Jahren ehrliche und unauffällige Mitbürger dieser Stadt waren. Sie hatten sich noch nie etwas zuschulden kommen lassen. Seine Mutter war eine fromme, fleißige Kirchgängerin in der Kirchengemeinschaft der Baptisten und eine begeisterte Gospelsängerin. Ihr Sohn John träumte davon, ein erfolgreicher Fotograf zu werden. Deshalb hatte er sich eine teure Kameraausrüstung auf Pump gekauft und sich für die Anschaffung hoch verschuldet. Er war gerade dabei, die schwere Ausrüstung aus seinem alten, verbeulten *Chevy*, Baujahr 1988, zu heben.

John, der groß und kräftig war und bereits eine Neigung zum Übergewicht zeigte, fühlte diese starke künstlerische Begabung in sich.

Das *Appartement,* das den Namen kaum verdiente, hatte er in einem heruntergekommenen Mietshaus gefunden.

Es bestand aus zwei ziemlich abgewohnten, schäbigen Zimmern, Küche und Bad. Da er keine Hand frei hatte, versuchte er, mit den Schultern die Doppeltüre zu öffnen. Überall blieb er mit den Stativen und den schweren Scheinwerfern an den Zargen der Türen hängen.

Der enge Gang behinderte ihn noch stärker.

Er fluchte und schrie in die Wohnung hinein.

„Hey, Lenard, du Pfeife, kannst du mir mal helfen, das schwere Zeug reinzutragen?" Niemand antwortete.

„Das habe ich mir doch gedacht, dass der Typ mir nicht helfen will, das passt doch wieder mal!

Aber das schaffe ich auch alleine", dachte er, „dieser Bastard!" Jetzt war John so richtig schlecht gelaunt.

Er kam gerade von einer Fotosession, die auf dem Unigelände stattgefunden hatte.

„Das habe ich mir schon gedacht", wiederholte er jetzt sehr laut.

„Keine Hilfe weit und breit, wenn man mal wirklich eine braucht." Ein Universitätsstudium konnte sich John nicht leisten, dafür fehlten ihm auch die schulischen Voraussetzungen.

Die Morgensonne fiel durch das schmutzige Fenster auf seinen Mitbewohner. Der lag auf einer alten, zerschlissenen Couch und zog sich schon morgens triviale TV-Sendungen rein.

„Da ist eben eine Nachricht auf deinem Laptop gekommen, Johnny!", sagte ganz beiläufig sein ebenfalls dunkelhäutiger Mitbewohner. Er machte aber immer noch nicht die geringsten Anstalten, John zu helfen.

John runzelte die Stirn und schaute ihn missmutig an.

„Hey Lenny, habe ich dir nicht gesagt, dass ich nicht will, dass du in meinem PC herumschnüffelst?", knurrte John

„Hey Mann, krieg dich wieder ein! Ich wollte dir doch nur die frohe Botschaft überbringen, dass du eine Nachricht von Afrikanern aus Ghana bekommen hast, glaube ich. Ich dachte, du freust dich. Komm wieder runter, Bruder!", Lennard versuchte, ihn auf seine Art zu beschwichtigen.

„Du sollst ins Marriott kommen, du weißt schon, dieses stinkfeine Hotel, wo nur die Weißen verkehren und die Farbigen Sklavenarbeit leisten müssen!"

„Was meinst du denn damit, Lenny?", John wurde hellhörig, meinte aber nicht die Sklavenarbeit, sondern dass Lenny irgendetwas über Afrikaner faselte.

Er schien seine Wut vorübergehend zu vergessen.

„Du meinst, im Marriott ist ein Empfang für eine afrikanische Delegation? So nennt man das, Lenny."

„Ja, genau, Alter, die schwarzen *Menschen* aus Ghana, unsere primitiven Verwandten aus Afrika!"

Lenard grinste hämisch.

Schnell schaltete John seinen Laptop ein.

John musste schon seit dem frühen Morgen Pics machen und diese langweilige Zeit auf dem Campus verbringen. Lieber hätte er noch ein paar Stunden geschlafen, wie sonst auch. Dort herrschte ausgelassene Stimmung, weil fast alle Absolventen der

Highschool, die sich auch auf dem Unigelände befanden, die Prüfung bestanden hatten.

Ab jetzt durften sie die begehrten *square academic caps* tragen. John fand das absolut lächerlich, aber alle hatten einen Studienplatz bekommen.

Es war auf der Feier, auf der sie feierlich das schriftliche Dokument verliehen bekamen und somit ihr Studium beginnen konnten.

Alle Verwandten der frischgebackenen Studenten hatten sich eingefunden und jubelten ihren Kindern und Enkeln zu. Das frustrierte John innerlich und weckte Neidgefühle. Warum konnte er nicht auch so ein Studium absolvieren?

„Oh Mann!", seufzte er und blickte zu Lenard, der immer noch auf der Couch lag und in den Kasten glotzte, nur abgelenkt vom Klingeln seines *Smartphones.* Ein Freund mailte ihm etwas.

John motzte ihn an: „Kannst du nicht endlich mal aufstehen?" Er ließ jetzt seinen Frust an seinem Mitbewohner aus.

„Diese *fucking* Lehrer in der *elementary school* haben mich immer so schlecht behandelt und nur weiße Schüler bevorzugt!" Lenny nickte verständnisvoll und wollte ein anderes Programm einschalten, fand aber die Fernbedienung nicht. Er nickte

„Bei mir waren's meine Alten, die mich ausgebremst haben. Glaubst du, die hätten mir einen *fucking* Dollar für ein Studium bezahlt?"

Er rollte sich auf den Bauch und stand auf, um die Fernbedienung zu suchen, und dabei riss er alle Polster vom Sofa. Lenard war etwas kleiner als John, aber sehr viel ungeschickter und chaotischer!

„O. K., die Eltern waren es, Mom und Dad, die dir kein Studium zahlen wollten. Mir kommen gleich die Tränen, du *Spast!"* Lenny starrte ihn mit weit aufgerissenen Augen überrascht an.

„Was denn, Alter, was ist denn in dich gefahren?"

„Hättest du dir ja auch selbst verdienen können."

„Das musst gerade du sagen, Motherfucker, oh shut up, und stör mich nicht!" Der Ton zwischen den beiden wurde rauer.

„Ich jedenfalls verdiene mir mein Geld mit Fotografieren. Und was machst du? Zero arbeiten, zero Job suchen und doppelt zero mir keinen Cent Miete bezahlen!"

Als John das mit der Miete sagte, wurde Lenard verlegen. John war schon wieder richtig wütend auf seinen Kumpel.

„Kannst du nicht arbeiten, weil du schwarz bist, oder willst du nicht, weil du keinen Bock hast, Alter?"
Lenard zog eine Grimasse, während John seine Kameraausrüstung verstaute, die er penibel pflegte.

„Du machst wohl Witze, Bruder, du weißt doch ganz genau, dass ich keinen Job finde, weil ich farbig bin! Und die Weißen bedienen, für die den *Uncle Tom* spielen, kommt für mich nicht infrage." John schwieg jetzt.

Lenny wusste, dass John ihm insgeheim recht gab.

Endlich hatte er die Fernbedienung gefunden und konnte umschalten. Er räumt auch die Polster wieder auf das Sofa, denn John hatte ihm gerade eine Lektion in Respekt erteilt. Dann ließ er sich wieder schwer auf die Couch fallen und machte den Eindruck, als habe er heute schon sein tägliches Arbeitspensum bewältigt.

VORBEREITUNG ZUM EMPFANG DER
AFRIKANISCHEN DELEGATION

„Das ist ein Empfang der Diplomaten aus Ghana", erklärte John wichtigtuerisch seinem *room mate*, aber auch um das Thema zu wechseln. Seine Stimmung war wie ausgewechselt, er konnte seine Freude kaum verbergen. John hatte gerade seinen Laptop eingeschaltet und da stand tatsächlich, dass er, „Johnny Robinson", höchstpersönlich eingeladen war und auf dieser Veranstaltung fotografieren sollte.

„Da kriege ich einen Auftrag, *Pics* zu machen", strahlte er in fast kindlicher Freude.

„Sogar einen Videofilm soll ich drehen", fuhr er stolz fort und sah sich schon im Geiste als Fernsehregisseur agieren.

„Wollte ich dir doch gerade sagen und du motzt mich an, Alter!"

„Die zahlen gut, das weiß ich", fuhr John unbeirrt fort!

Die Begeisterung seines Mitbewohners hielt sich allerdings in Grenzen, denn was ging diesen das eigentlich an. Lenny, der jetzt wieder auf der Couch lag, phlegmatisch und missmutig, ohne die Augen vom Fernsehbild abzuwenden, knurrte beleidigt.

„Du nimmst mich ja sowieso nicht mit!"

Lenny beneidete seinen Freund um diesen Job.

„He Kumpel, kann ich nicht, das weißt du doch!"

„Vielleicht bekomme ich noch ein anderes Angebot," lenkte John schnell ab und versuchte, Lennys Frage zu ignorieren. Lenny fand das Gelabere seines Freundes plötzlich anstrengend und außerdem rätselhaft und war mit seinen Gedanken schon wieder bei seiner *Soap Opera* im TV. Das ganze Thema interessierte ihn nicht mehr.

John packte schon sein Stativ ein, obwohl das Event erst in drei Tagen stattfand war.

„Lenny, versteh das doch, die wollen nur mich. Ich kann mich einfach besser ausdrücken und kann besser schreiben und bin höflicher als du", versuchte er, einzulenken.

Aus Lennys Mund ergoss sich ein Schwall obszöner Worte, dabei zeigte er den Stinkefinger.

„Siehst du, Lenard, genau das habe ich gemeint!", wiederholte John lapidar. Er musste noch die gesamten Fotos der Kommilitonen ausdrucken, die er auf dem Unigelände geschossen hat und das waren bestimmt zirka hundert.

Er übertrug sie auf die *Social Media Accounts* der einzelnen Studenten und fügte seine E-Mail-Adresse hinzu.

NICHTS MEHR ZU VERLIEREN

Eva holte sich die angebrochene Flasche des eiskalten Weißweines aus dem Kühlschrank und stolperte dabei über ihre Schuhe. Die hatte sie achtlos abgestreift und sie lagen jetzt unordentlich auf dem eierschalenfarbenen, flauschigen Teppich.

Sonst war sie immer so diszipliniert, hasste jede Art von Unordnung. Niemals herrschte Chaos in ihrer gestylten Wohnung, die nur aus drei Farben bestand: Schwarz, Hellbeige und Zitronengelb – diese Farben wiederholten sich immer wieder, dazu gesellten sich noch viel Glas und Plexiglas, alles passend harmonisch miteinander abgestimmt.

Selbst in den riesigen abstrakten Bildern wiederholten sich nur diese drei Farbkombinationen. Die Wohnung könnte auch auf dem Titelbild einer Hochglanz-Architekturzeitschrift für *Schönes Wohnen* abgebildet sein.

Sie glich einer Designerwohnung und das war sie auch.

Einer der bekanntesten Innenarchitekten Münchens hatte Hand angelegt und das kostete Eva auch viel Geld. Damit wollte sie ihre Biederkeit kompensieren, dessen war sie sich wohl bewusst, genauso wie sie nur Bulgari, Schmuck von Cartier und Taschen von Coco Chanel trug.

Niemals durfte etwas unordentlich herumliegen und das perfekte Bild stören.

Niemals lagen vollgekritzelte Blöcke auf dem Tisch. Die ganze Wohnung machte den Eindruck, als ob niemand in ihr wohnte. Es schien, als ob Eva sich bereits aus ihrem eigenen Leben verabschiedet hatte.

Nur ihr silberner *Montblanc*-Füller lag dekorativ auf dem dunklen, glänzenden *Mahagoni*-Schreibtisch.

Sie schob die Oldie-Musik von Clearwater Revival in ihren CD-Player, setzte den Kopfhörer auf und lehnte sich zurück. Ihre Miene entspannte sich. Die Musik begann

, ihre Nerven zu beruhigen.

In solchen Momenten spürte sie schmerzhaft ihre Einsamkeit, allerdings eine selbst gewählte Einsamkeit, dennoch Einsamkeit. Sie wollte sich weder ihrer Schwester noch einer guten Freundin anvertrauen, schon gar nicht professioneller Hilfe.

Traumatische Kindheitserinnerungen wurden wach, die es zu verdrängen galt.

BACK TO THE ROOTS

Helen war jetzt der neue Boss des großen Verlages, des LEMBERGSCHEN KUNSTVERLAGES. Dieser Verlag existierte schon seit 1897 in der vierten Generation.

Nachdem sie sich durchgerungen hatte, endlich ihren Ehemann zu verlassen und Paris den Rücken zu kehren, fühlte sie sich besser.

Es fiel ihr sehr schwer, Maurice und seine reiche, dekadente Welt zu verlassen, in der andere moralische Gesetze herrschten. Dennoch war sie erleichtert, weil sie fühlte, wie sehr sie dieses Leben auf Dauer immer mehr in einen Abgrund zog. Ihr geliebtes Paris zu verlassen und in die Enge der kleinen fränkischen Provinz zurückzukehren, verursachte jedoch starke Verwerfungen in ihrer Seele. Sie fühlte aber, dass sie diesen Schnitt machen musste.

Sie war fest entschlossen, nun mit aller Kraft ein neues Leben zu beginnen.

Ihr Smartphone klingelte.

„'Elen, bist du das?" Es war ihr geschiedener Ehemann Maurice aus Paris.

Maurice war überraschenderweise ziemlich schnell mit der Scheidung einverstanden und sie wurden geschieden ohne Rosenkrieg. Sie bekam ihren gemeinsamen Sohn Hugo zugesprochen.

Maurice war wieder so charmant wie immer.

„Es war schwer, deine Nummer herauszubekommen, glaube mir, 'Elen, mir geht es gar nicht gut, seitdem du mich verlassen hast, Cherie!"

„Maurice, ich habe dich nicht verlassen, sondern wir sind geschieden worden – im gegenseitigen Einvernehmen."

„Bitte 'Elene, mon amour, lass uns das rückgängig machen, ich interessiere mich nicht mehr für andere Frauen, seit du weg bist, bitte, glaube mir!"

„Bitte, Maurice, nein, ich glaube dir das nicht!"

„Dann nimm mich wenigstens in deinem *friendship request account* auf und dann sind wir auf *Messenger* verbunden, Cherie, ich bitte dich, vielleicht kann ich dich auf diese Weise zurückgewinnen?"

„Gut, aber glaube mir, du wirst mich nicht mehr zurückgewinnen können, Maurice!"

Helen schien seit ihrer Scheidung nicht mehr wie früher zu sein. Sie hatte zwar keinen Groll oder irgendwelche Rachegedanken gegenüber Männern entwickelt wie viele geschiedene Ehefrauen, die meistens auf Kosten ihrer Kinder einen gnadenlosen Rosenkrieg mit ihren Ex-Männern führten. Doch eine gewisse Gleichgültigkeit in Bezug auf neue Bekanntschaften, genauso wie gegenüber ihrem eigenen Ehemann war ihr eigen geworden.

Sie erreichte diesen *Point of no return* und da war ihre Liebe plötzlich erloschen. Das war jetzt mit ihrem Mann geschehen, ihrem inzwischen geschiedenen Mann.

Sie konzentrierte sich ganz auf ihre Firma und das verschaffte ihr eine große innere Ruhe.

Alle schwierigen Entscheidungen wurden ihr von dem Vorstandsvorsitzenden, den Vorständen und einem Geschäftsführer abgenommen.

Einmal monatlich trafen sie sich zur Vorstandsitzung.

Sie hatte keine Probleme, sich als Newcomer und Erbin einzubringen, und das verdankte sie ihrem Vater.

Er hatte ein unangreifbares und detailliertes Testament zu ihren Gunsten ausgearbeitet, sodass niemand ihr diese Position streitig machen konnte.

Sie war nicht nur seine einzige Tochter, sie war auch immer sein absoluter Liebling gewesen.

Natürlich gab es Intrigen und Eifersüchteleien in der Firma. Dennoch lief die Zusammenarbeit mit den Mitarbeitern gut. Es war auch wichtig, dass sie sehr gute Gehälter bezahlte. Das schweißt zusammen und motiviert.

Helen war immer noch eine sportliche, attraktive Frau. Ihre goldbraunen langen Haare, die mit ein paar blonden Strähnen aufgehellt waren, verliehen ihrem schmalen Gesicht etwas sehr Feminines.

Wenn sie ihre Pferde trainierte, band sie die Haare zu einem Pferdeschwanz hoch, der beim Reiten lustig hin und her wippte, wie bei ihren Pferden. Ihre ganze Erscheinung war offen, jugendlich und sehr anziehend.

Ihr 23-jähriger Sohn aus erster Ehe studierte gerade in Heidelberg BWL.

Seine Freundin, die er auf der Hochschule kennengelernt hatte, war eine richtig gute Wahl, fand Helen. Diese Beziehung hielt länger. Er hatte ihr Elinor bereits vorgestellt. „Er meint es also ernst", dachte sie trotzdem etwas wehmütig. Sie wusste, dass sie loslassen musste. Seine Freundin war ein außergewöhnliches Mädchen mit stahlblauen Augen, die in einem reizvollen Kontrast zu ihren brünetten Haaren standen. Ihr gescheites, fröhliches Wesen vervollkommnete das Bild. Helen mochte Elinor auf Anhieb.

Eigentlich hatte Helen bisher mit Friendsbook nicht viel im Sinn. Die PR machte die Werbeabteilung ihrer Firma und gestaltete ihre *Homepage* werbewirksam und modern. Aber immer öfter verirrte sie sich auf die FB-Seiten ihrer Freundinnen. Sie fand plötzlich Gefallen daran, selber Freundschaftsanfragen zu stellen.

Helen hatte seit geraumer Zeit ihren eigenen Account eröffnet und sich ein Profil eingerichtet, wofür ihr von Friendsbook gratuliert wurde.

„Mama, ich möchte dich ja nicht kritisieren, aber die FB-Schiene solltest du lieber lassen!" Ihr Sohn besuchte sie manchmal während der Semesterferien.

Ein gut aussehender junger Mann, über 195 cm groß mit athletischer Figur, um die kleine Männer ihn beneiden konnten. Ihr ganzer Stolz und baldiger Juniorchef der Firma, hoffte sie.

„Warum, Magnus?", fragte sie irritiert

„Weil das ein Minenfeld ist, wenn du dich da nicht auskennst!"

„Ich hatte aber sofort über vierzig Friendsbook-Freunde und viele aus früheren Zeiten!"

Damit meinte sie ihre aufregende Studentenzeit in München, als sie die Kunstakademie besuchte.

„Es macht so viel Spaß, Erinnerungen auszutauschen! Gönn mir doch auch mal was, Magnus!"

„Also Mama, ich bin der Letzte, der dir nichts gönnen würde, weißt du eigentlich, dass du jetzt eine von *zwei Milliarden* bist!"

„Oh nein, Magnus, das kann doch nicht sein! Gibt es Friendsbook weltweit?"

„Ja, Mama, Friendsbook gibt es weltweit und glaube mir, es gibt sehr viel Betrug im Internet!" „Aber Magnus, ich mach doch gar nichts, ich will nur ein wenig Gedankenaustausch mit meinen FB-Freunden! Was soll schon passieren und außerdem nehme ich nur neue Freunde, die schon Freunde von Freunde sind, die ich kenne." Das war genau die Logik, die er von seiner Mutter kannte.

„Genau da liegt der Haken, Mama!"

„Welcher Haken?"

Ihre Stimme klang enttäuscht. Helen lebte jetzt in der Nähe von Würzburg und hatte sich ein altes Haus auf dem Lande gekauft. Die Jahreszahl war in den roten Sandstein über der Barocktüre gemeißelt, das Jahr 1789. Sie hatte das Haus liebevoll und aufwendig restaurieren lassen. Dabei hatte sie sogar selbst Hand angelegt. Sie saß mit ihrem Sohn im Wohnzimmer. Die Zimmerdecke war freigelegt und die alten dunklen Balken aus dem 18. Jahrhundert gaben dem Haus dieses wunderbare mittelalterliche Flair. Der Verputz der Decke bestand nur aus Sand, Stroh und Lehm. Diese Decken und Wände konnten atmen, sie kannten keinen Schimmel. Das Haus lag in der unterfränkischen Weingegend. Die damaligen Bauherren hatten nur wenige Materialien zur Verfügung, doch sie bauten Häuser für die Ewigkeit.

Helen war aber nicht mehr so leicht für ihre Freunde aus aller Welt zu erreichen. Der Freundeskreis, den sie aus Paris kannte, verirrte sich nur noch selten in die fränkische Provinz. Deshalb war ihr dieser FB-Account eine willkommene Abwechslung und wurde ihr immer wichtiger.

„Du musst mir eben helfen, ich nehme nur jemanden, der mit einem FB-Freund von mir befreundet ist!"

„Aber das ist es ja gerade, Mama, das hat nämlich fast gar nichts zu sagen. Deine Freunde sind oft zu nachlässig, um zu recherchieren, ob das wirklich ein echter Freund ist!" Seine Stimme klang jetzt etwas genervt. Der typische ungeduldige Ton, wenn erwachsene Söhne mit ihren Müttern sprechen.

„Also gut, Magnus, ich verstehe das jetzt zwar nicht so richtig, verspreche dir aber, dass ich aufpassen werde", beeilte sich Helen zu sagen. Im Wohnzimmer war es angenehm kühl trotz der heißen Sommerzeit.

Das ganze Haus war aus Bruchsteinen gebaut – in Ermangelung teurer Backsteine, die im 18. Jahrhundert als Ersatz für Backsteine benutzt wurden.

Magnus und seine Mutter hatten Spaß daran und klopften an einer Wand den Verputz herunter und merkwürdige Dinge kamen zu Vorschein: alte Schweineborsten, die mit Lehm und anderen undefinierbaren Gegenständen vermengt waren zum Beispiel. „Hauptsache nichts Menschliches", dachte Helen und bereute es, dass sie sich keine Schutzbrille aufgesetzt hatte, denn der Staub von Jahrhunderten entzündete ihre Augen.

„Ja, Magnus, ich werde es mir zu Herzen nehmen und wirklich aufpassen!"

Die gerade Nase hatte er von ihrem Vater geerbt. Sein braunes, lockiges Haar trug er jetzt fast militärisch kurz.

„Also, Mama, wenn du dir unsicher bist mit deinem *friendship request* auf deinem *account,* dann frag mich lieber vorher, versprichst du mir das?"

„Großes Ehrenwort, Magnus."

Aber sie war schon von diesem Friendsbook-Virus infiziert. Ihr Sohn küsste sie zum Abschied auf die Wange, aber sie verschwieg ihm natürlich ihre kleine Internetsucht.

„Ich möchte nächstes Mal Elinor mitbringen, Mama!"

„Gerne, Magnus, sag mir wann!"

CLEARWATER REVIVAL

Eva wollte ihren Kummer niemandem erzählen.

Würden ihre Freunde nicht alle ein hartes Urteil über sie treffen? Wäre es wie ein Schuldeingeständnis für sie? Würden sie nicht mit Verständnislosigkeit und Arroganz reagieren? Auch wenn sie es ihr nicht ins Gesicht sagten, sondern nur hinter ihrem Rücken tuschelten.

„Überheblich zur Schau getragenes Getue", dachte Eva. Ihren Freundinnen könnte so etwas natürlich nicht passieren und dieser Gedanke erfüllte sie mit Scham.

Diesen verständnislosen Ausdruck in den Augen ihrer angeblichen so guten Freundinnen. Lieber behielt sie den Kummer für sich. Diesen Gefallen wollte sie ihnen nicht tun, ihren Schmerz vor ihnen zu offenbaren. Lieber würde sie sterben.

Sie holte ihr Mobiltelefon aus ihrer Handtasche und tippte die Nummer ihres Büros ein. Ihre Hände zitterten.

„Sagen Sie bitte der Chefin, dass ich krank bin. Ich kann heute nicht mehr kommen."

„Ja, Eva. Was fehlt Ihnen denn, haben Sie die Sommergrippe?", fragte ihre Kollegin voller Mitgefühl.

Körperlich krank sein, das war legitim.

Aber was wäre, wenn sie sagen würde: „Nein, Andrea, skrupellose Menschen haben mir mein Herz gebrochen, haben mir Liebe vorgegaukelt, nur um mich um 12.500,00 Euro zu betrügen! Ich bin auch noch auf sie hereingefallen, weil ich nämlich eine dumme, naive, verliebte Frau gewesen bin!

Ja, Andrea, die sich eingebildet hat, der Mann ihrer Träume hätte sich in sie verliebt und sie würde noch einmal eine große Liebe erleben." In Wirklichkeit war sie nur eine Lachnummer.

Nur Hohn und Häme würde man über sie ausschütten, wenn das bekannt werden würde.

Selbst schuld war sie an ihrem Unglück. „Ich weiß",
dachte sie und Tränen füllten ihre Augen, „das könnte
all diesen starken Frauen nicht passieren."

„Eva, stimmt etwas nicht mit Ihnen?" Die Worte
holten Eva aus ihrer traurigen Gedankenwelt zurück in
die Realität.

„Geht es Ihnen nicht gut?"
Ihren Mitmenschen würde es vermutlich sehr peinlich
sein und es würde sie selbst schon einer psychisch
Kranken nahe- sowie möglicherweise eine Einweisung
in die Psychiatrie bringen, wenn sie etwas über ihre
Depressionen erfahren würden. Lebensmüdigkeit wird
oftmals mit Geisteskrankheit gleichgesetzt.
Lebensmüdigkeit, die so stark von ihrer Seele Besitz
ergriff, dass sie einen Suizid auslösen konnte. In den
Augen der Gesellschaft gab es kein Recht auf Verlieren.
Das war gesetzlich verboten, wurde bestraft und
schwer   geahndet   mit   *Kindesentzug*,
Geschäftsunfähigkeit   in   allen   Bereichen   und
Führerscheinentzug.

Aber echte Hilfe gab es nicht, außer Psychopharmakon

Immer wieder fiel ihr der triviale Song zu ihrer Stimmung ein.

„I am a loser baby, why don't you kill me?"

Deshalb antwortete sie ihrer Kollegin jetzt ganz gefasst:

„Ja, Andrea, ich fühle mich hundeelend, habe Fieber und muss zum Arzt. Wahrscheinlich werde ich ein paar Tage nicht kommen können!"

„O. K., Eva, Ich verstehe", antwortete sie gedehnt.

„Ich werde es der Chefin sagen. Gute Besserung, Eva!"

„Danke, Andrea. Ich melde mich wieder!"

Eva ließ sich auf ihr Bett fallen, nach ein paar Minuten zog sie sich aus und streifte einen türkis-glänzenden Seidenmantel über.

Die Seide fühlte sich kühl an auf ihrer nackten Haut und tat ihr gut. Dann trank sie einen großen Schluck ihres kalten Weißweines. Sie fühlte, wie er ihre Kehle hinunterfloß und sich in ihrem Magen ausbreitete und im selben Moment spürte sie ein wohliges Glücksgefühl durch ihren ganzen Körper strömen.

Ihre Seele begann zu vibrieren und verlangte nach mehr. Beglückt lauschte sie ihrer CD von Joe Cocker.

„*You put a spell on me*", sang Cocker mit seiner rauen, sensiblen Stimme.

NUR EIN TRAUM

Eva saß in einem winzigen Flugzeug. War das etwa eine einmotorige Cessna? Sie war schon einmal in so einem Zweisitzer geflogen. „Oh Gott", dachte sie, „wie komme ich denn in dieses Flugzeug? Ich habe doch Angst vorm Fliegen. Ich kann doch gar nicht fliegen!"

Aber da sah sie den Himmel über sich, unendlich dehnte er sich aus, stahlblau und nach unten wurde er immer heller und goldener.

Sie sah nur ganz wenig Landschaft ... plötzlich fühlte sie sich fantastisch und sie atmete tief durch. Dieser Atemzug fühlte sich gleichzeitig schmerzhaft und befreiend an.

Es fühlt sich an wie der erste Atemzug nach ihrer Geburt. Oh ja, sie konnte sich daran erinnern, welches Gefühl das war, der Moment, als sich ihre Lunge schmerzhaft und erlösend entfaltete und mit Sauerstoff füllte! Etwas unendlich Beglückendes und Befreiendes ergriff sie. Es durchströmte sie und löst den ersten Schrei aus. Sie war geboren und konnte atmen.

Sie genoss den kühlen Wind, so weit oben, losgelöst von allem Irdischen. Es war ein spirituelles Gefühl und sie wollte auch nicht mehr darüber nachdenken, wie sie da hingekommen war.

Sie spürte, dass hinter ihr jemand saß und das Flugzeug flog, aber sie konnte sich nicht so weit umdrehen, um diese Person zu erkennen.

Die kleine Cessna stieg höher und höher, wurde aber immer langsamer ...!

Dann blieb das Flugzeug einfach in der Luft stehen ... wie war das nur möglich? Oder war das eine Täuschung? War sie so weit oben, schon im Weltraum, dass sie sich nur einbildete, die Cessna bliebe einfach in der Luft stehen?

Aber dann hatte sie Gewissheit. Gleich würde das Flugzeug abstürzen. Es war doch gar nicht geeignet, in so hohe Höhen zu steigen!

Die Stimme der Person, die hinter ihr im Flugzeug saß, erinnerte sie an eine vertraute Stimme, das beruhigte sie.

Sie konnte sich im Moment nicht erinnern, ob es die Stimme ihres längst verstorbenen Vaters war.

„Wenn du willst, dann werde ich dir beistehen!"

Was meinte er denn damit?

Sie konnte es nicht mehr verhindern, es kam ihr plötzlich klar zu Bewusstsein: Sie würde abstürzen. Sie war doch gerade erst geboren worden und sollte nun wieder sterben müssen?

Aber sie musste ihr Schicksal annehmen.

Eva wachte schweißgebadet auf, sie fühlte den stechenden Schmerz im Kopf.

Eine Zeit lang dachte sie über ihren Traum nach, der ihr so glasklar im Gedächtnis blieb.

Es war wie Geburt und Tod in einem Traum zusammengefügt. Das Leben dazwischen existierte nicht. „Merkwürdiger Traum!", dachte sie, warum kam ihr Vater darin vor?

Dann spürte sie diesen Schmerz und die Übelkeit, die sie so oft begleiteten beim Aufwachen. Dieser Zustand war die schwer zu ertragender Seite ihres Lebens.

Sie musste die Tabletten erreichen, die sie vergessen hatte, auf dem Nachttisch bereitzulegen. Diese Migräne raubte ihr sogar die Möglichkeit, die Tabletten selbst zu holen. Sie war nicht mehr in der Lage, aufzustehen, um die Tabletten zu suchen.

Ihr glänzender Seidenmantel war durchgeschwitzt.

Sie richtete sich mühsam auf und rannte ins Badezimmer, kalter Schweiß auf der Stirn. Sie musste sich übergeben. Danach ging es ihr etwas besser.

Ihr *Kater* ging eine unheilvolle Allianz mit ihrer Migräne ein. Hatte sie nicht schon genug Probleme? Hastig wühlte sie in ihrem Medizinschränkchen. Beim Schließen der Türe sah sie sich in dem kleinen Spiegel: Sie war totenbleich!

Hastig nahm sie die Triptane gegen die Migräne, normale Schmerztabletten gegen den Hangover und Psychopharmakon gegen ihre Angst sowie Vomex gegen die starke Übelkeit.

Alles zusammen in einer nicht unbedenklichen Menge.

„Hoffentlich bleiben sie im Magen", dachte sie und schleppte sich wieder ins Bett.

Nach all diesen Demütigungen setzte nun dieser einseitig pochende Schmerz in ihrem Kopf ein.

Eine Krankheit, die auch eine Abwehr war, nicht gezwungen zu sein, einfach so weiterzumachen, nicht gezwungen zu sein, den alltäglichen Trott fortzusetzen.

Eine Krankheit und gleichsam ein Schutzschild ihrer Seele.

Nun war sie gezwungen, sich um sich selbst zu kümmern.

AUF MESSENGER VERBUNDEN

Helen musste ihrem Sohn recht geben, Ein *Profil* zu erstellen, barg absolutes Suchtpotenzial.

„Auf Messenger verbunden!"

Das Zauberwort! Wenn Helen sich zu irgendeinem Thema äußerte, bekam sie zehn begeisterte *likes* von Gleichgesinnten und wenn sie ihren Lieblingsmaler präsentierte, wurde sie mit 20 *gefällt mir* belohnt und sogar manchmal mit *loves*. Keine Gegenstimmen, absolute Übereinstimmung.

Die Einsamkeit wurde reduziert und Stress abgebaut.

Diese Übereinstimmung von Gleichgesinnten machte glücklich! Wenn ein Freund damit nervte, wo oder wie er seinen Urlaub verbrachte, was es in teuren Restaurants zu essen gab, womöglich noch mit Fotos des Gerichts. Ratschläge gegeben wurden, für die sie sich niemand interessierte – solche Chats konnte man entweder verbergen oder einfach eliminieren!

Wer politische Meinungen äußerte, die nicht mit ihrer übereinstimmten, dann konnte sie diesen unbeliebten Freund in die ewigen Internet-Jagdgründe schicken.

Aber wenn jemand noch bessere Statements formulieren konnte als man selbst, das beruhigte!

Meinungen anderer Menschen, die mir aus der Seele sprechen, heißt so viel wie: *Wir sind bei dir!*

Das Internet versteht es hervorragend, Unangenehmes auszublenden. Menschen scheinbar zusammenzubringen, aber nicht wirklich, man musste nicht wirklich für einen FB-Freund Verantwortung übernehmen. Niemand wusste, wo der andere lebte, niemals hörte man seine Stimme, man telefonierte höchst selten miteinander. Die Anonymität blieb gewahrt.

Verlieben konnte man sich in die Fotos der männlichen oder weiblichen *Messenger*-Freunde dafür umso besser. Diese Bilder übten eine starke Macht aus in Verbindung mit dem geschriebenen Wort.

Das war faszinierend!

Helen war außerdem Hobbyzüchterin.

Sie züchtete junge Dressurpferde und endlich konnte sie ihre jungen Pferde ins Netz stellen und wurde mit *likes* überschüttet.

Hobby-Pferdezucht war gar nicht mehr so schwer, denn man konnte sich per Katalog einen Traumhengst aussuchen und das Sperma wurde prompt per Tiefkühlbox in einem Behälter geliefert.

Man hatte zwei Versuche von demselben Hengst zum gleichen Preis, falls die Stute beim ersten Mal nicht aufnahm. Jeder Tierarzt konnte diese künstliche Befruchtung durchführen. Dann fieberten Helen und alle anderen Stallinsassen aufgeregt dem Geburtstermin entgegen. Nach elf Monaten war es so weit.

Sie war jetzt schon ein halbes Jahr dabei, hatte sich liebevoll ein eigenes Profil erstellt. Darauf war sie stolz.

Diese Mischung aus Kunst, Pferde, Hunde und politischen Statements gefiel ihr.

Manchmal wenn Helen alleine zu Hause war, loggte sie sich in ihren Account ein und wollte wissen, wer ihr wieder eine Freundschaftsanfrage gestellt hatte. Das war aufregend!

„Vorsichtig sollst du sein", erinnerte sie sich an die Worte ihres Sohnes.

Da fiel ihr das Foto eines Mannes mittleren Alters auf. Gut aussehend und mit einem sympathischen Lächeln, genau ihr Geschmack. Er hatte keinen deutschen Namen und war auch keiner von ihren bekannten Freunden und Freundesfreunden.

„Aufpassen!", dachte sie.

Chandler hieß er, Robert William Chandler. Dieser Mann sah sehr kultiviert und intelligent aus, was sollte an ihm falsch sein? „Das kann ich doch sofort erkennen, da muss ich keine große Menschenkenntnis besitzen!" Aber woher kam dieser Mann?

Wochenlang ließ sie ihn vorsichtshalber auf der *friendship request*-Schiene warten. Doch ihn einfach zu löschen, brachte sie auch nicht übers Herz. Sie musste ihn ja nicht sofort kennenlernen.

Wenn sie einen Mann zum Ausgehen für ein Event oder ein schönes Abendessen in einem gediegenen Lokal suchte, dann war das Hubertus von Seydl.

Ein echter Vertrauter und Freund, den sie schon seit ihrer Jugendzeit kannte. Er war früher ein erfolgreicher Buschreiter und gab Helen sehr guten Reitunterricht. Es gab auch ein glückliches Leben jenseits von Verliebtheit und Sex und echter Liebe. Davon war sie inzwischen fest überzeugt.

„Bitte, Hubertus, du musst dir unbedingt das Fohlen von Fiona anschauen! Ein Bild von einem Pferd, der kleine Hengst wird mal ein begabtes Dressurpferd. Das kann man jetzt schon an den Bewegungen erkennen!"

Der Adlige nahm seinen bayrischen, breitkrempigen Hut ab und strich sich über das gewellte weiße Haar.

Seine Begeisterung hielt sich in Grenzen. Er ließ sich aber nichts anmerken.

Hubertus von Seydl, ein Lebenskünstler, ein Freigeist, Jäger und Dichter und ein drittklassiger Schriftsteller, der immer in finanziellen Problemen steckte.

„Aber gerne Helenchen, den musst du mir unbedingt zeigen! Komm schnell, wo ist denn dein Hengstfohlen?"

„Unten in der Box bei seiner Mutter, stell dir vor, er hat schon eine Saugfohlenprämie gewonnen!"

„Was du nicht sagst, wie alt ist er denn?"

„Drei Monate, neun Tage!"

„Hat er schon einen Namen?"

Man merkte dem Adligen nun an, dass er die Sache schnell hinter sich bringen wollte. Ihm knurrte der Magen.

Sie schritt ihm voraus Richtung Stall.

„Nein, einen Namen hat er noch nicht, muss aber mit *R* beginnen, denn der Vater heißt *Royal Rubin*."

„Fällt dir ein Name mit R ein?"

„Ich werde darüber nachdenken, Lenchen!"

Sie liefen über den gepflasterten Hof in Richtung Scheune. Alles war sauber gekehrt.

Die Scheune war ihr ganzer Stolz und gerade mit neuen Pfannenziegeln gedeckt worden und hatte sehr viel Geld gekostet Da die Scheune denkmalgeschützt war, bekam Helen einen Zuschuss vom Denkmalschutzamt.

„Wie viel haben sie dir denn gegeben an Zuschuss?"

„Eher bescheiden im Vergleich zu dem, was das Dach gekostet hatte, Hubertus."

„Ja, ich weiß, die sind geizig geworden, wenn Privatleute was haben wollen.

Tja, Helenchen, das ist sehr traurig!

Die wellenartigen Fledermausgauben aus dem 18. Jahrhundert haben Seltenheitswert.

Es gibt nur noch wenig Vergleichbares in Bayern!"

Helen öffnete das schwere, große Stalltor und ließ ihren Freund herein. Der warme Geruch von frischem Heu und Pferdedunst schlug ihnen entgegen.

Im Stall war es gleich ein paar Grad wärmer.

Helen liebte den Geruch von Stroh und Pferdeschweiß und Leder. Man konnte das Mahlen der Kiefer hören, wenn die Tiere genüsslich ihr Heu fraßen.

„Es gibt doch nichts Schöneres als das Geräusch von Pferden, die fressen", sagte Helen leise und ein Glücksgefühl durchströmte sie.

„Was will man mehr?"

Hubertus dagegen wollte gerne so schnell wie möglich wieder aus dem Stall herauskommen. Er konnte beim besten Willen kein Geräusch von mahlenden, kauenden Zähnen hören.

„Ja, wunderbar! Wo gehen wir eigentlich zum Essen hin?"

„Natürlich in den Zehntkeller nach Iphofen, dort gibt es doch die besten Eigenbauweine und das beste fränkische Essen!" Iphofen war ein berühmter fränkischer Weinort, umgeben von sanften Hügeln mit Weinreben, und eine Touristenattraktion.

Der Marktplatz war von Barockhäusern eingerahmt, die liebevoll in den letzten Jahrzehnten auf Kosten der Gemeinde restauriert wurden. So gut wie jedes Haus stand unter Denkmalschutz. Hubertus nickte, er war sehr zufrieden mit der Wahl des Gasthofes. Nach einem angenehmen Abendessen und anregenden Gesprächen mit Kerzenlicht und aromatischen fränkischen Weinen kam Helen ein wenig beschwipst und gut gelaunt nach Hause.

Sie schaute noch schnell einmal in ihr FB.

Fünf Nachrichten auf Messenger und sieben *Likes* und immer noch die Freundschaftsanfrage dieses freundlichen, lächelnden Mannes, der schon so lange da war und geduldig zu warten schien.

Sie hatte ihn schon ein paar Wochen warten lassen. Nun war sie in der weinseligen Stimmung, seine Anfrage anzunehmen. Ihr Herz klopfte, als sie auf die Taste drückte und seine Freundschaft akzeptierte

FB bestätigte ihr:

Ihr seid jetzt auf Messenger verbunden

„Eigentlich genau mein Typ", dachte sie und der Wein schwirrte ihr im Kopf. „Was soll's, ich habe jetzt seine Freundschaftsanfrage einfach angenommen", dachte sie und musste kichern. Er hieß Chandler, „er muss Engländer oder Amerikaner sein, das ist kein deutscher Name", dachte sie und kicherte noch mehr.

Da meldete sich Robert Chandler Minuten später mit einer Nachricht. „Oh Gott, nein", dachte sie und wurde schlagartig nüchtern, „ich will jetzt nicht mit ihm sprechen." Helen merkte, wie ihr das Blut in den Kopf stieg und ihr Herz schneller schlug.

„Was mache ich bloß, bin ich verrückt? Ja, ich bin verrückt", beantwortete sie sich selbst ihre Frage.

Schnell schaltete sie den Computer ab. Es war ihr plötzlich peinlich, diesen fremden Mann einfach angeklickt zu haben.

EIN UNMORALISCHES ANGEBOT

Am Tag der Einladung gegen 6 p. m. hatte John seinen Chevy schon mit allen Utensilien vollgepackt, die er für den Auftrag brauchte. Die eingerostete Türe seines riesigen Schlittens gab beim Öffnen ein unangenehmes Geräusch von sich. John drückte auf den Anlasser, aber der Oldtimer reagierte nur mit einem leiernden Geräusch, das immer langsamer und leiser wurde.

John brach der Schweiß aus. Wenn die alte Karre ihn heute in Stich ließe, würde es sie zum Schrotthändler bringen. Er machte eine kurze Pause, ein starker Benzingeruch verbreitete sich.

Lennard grinste ziemlich unverschämt. Er blickte aus dem Fenster und beobachtete John bei dem verzweifelten Versuch, seinen Chevy fahrtüchtig zu machen.

„Merkst du denn nicht, Alter, dass deine Batterie leer ist?"

John wischte sich mit dem Handrücken den Schweiß von der Stirn. Dann versuchte er es noch einmal.

Jetzt sprang der alte Chevy an.

„Ja, blöde Ratschläge geben, das ist alles, was du kannst, Nigger! Wenn die Kiste jetzt nicht angesprungen wäre …?"

Er wagte es nicht, den Gedanken zu Ende zu denken.

Beim Wenden sah er das schadenfreudige Gesicht seines Kumpels Lenny aus dem Fenster blicken.

Er sah nur sein breites Grinsen und die weißen Zähne.

Alles andere verschwand mit dem dunklen Hintergrund.

John zeigte ihm den Stinkefinger und fuhr ins Marriott Hotel. Das alte Chevy Cabriolet gab während der Fahrt ein tiefes, blubberndes Geräusch von sich und erinnerte ihn stark an einen Schiffsmotor. Begleitet von lauten Fehlzündungen, entfernte sich der breite Wagen nur sehr langsam. Der Empfang war feudal und bot ein großes Buffet.

John war eifrig bei der Sache, er machte Hunderte von *Pics*. Sogar der amerikanische Konsul war gekommen und hielt eine Rede, die die völkerverbindende, fruchtbare Zusammenarbeit von Afrika und den USA betonte.

Er unterstrich, dass die USA selbstverständlich auch diese Zusammenarbeit unterstützen und fördern würde.

Natürlich durch eine großzügige finanzielle Hilfe der Vereinigten Staaten!

„Immer das gleiche Geschwätz", dachte John verbittert, niemand hier würde irgendeinem afro-amerikanischen Bürger in diesem Land helfen: Hilf dir selbst, dann hilft dir *der Staat der von Amerika*.

Alle Gäste klatschten zufrieden. Plötzlich stand ein großer Mann aus Ghana in seinem traditionellen weißen Gewand neben John und begrüßte ihn auf afrikanische Art, indem er sich verneigte und die Handflächen gefaltet nahe ans Gesicht hielt.

Wie im Gebet.

Er hatte feingliedrige Hände.

„My name is Mukelele Mbembe", dabei strahlte er John freundlich an. John hingegen war etwas verunsichert.

Er fand die Begrüßung etwas befremdlich, war er doch christlich erzogen. Er wusste gerade nicht, wie er jetzt zurückgrüßen sollte. Er hätte ihm gerne jovial die Hand geschüttelt, wie in den Staaten üblich.

Sofort kam ihm seine Mutter in den Sinn. Ihre christliche Sekte gab ihr Trost und Seelenfrieden. Sie hatte ihren Sohn gewarnt, als er ihr von Ghana und Nigeria erzählte.

„Oh boy", sagte sie mit ängstlicher Stimme, „sei bitte vorsichtig. Keiner berichtet bei CNN über die anderen afrikanischen Länder so seltsame Dinge wie über Ghana und Nigeria. Da soll es Internetbetrüger geben, Christen und Muslime, die sich gegenseitig auf der Straße abschlachten. Eine Regierung, die ihr Volk skrupellos auspresst."

Nigeria und Ghana erschienen ihr wie Völker von Unruhestiftern.

„Du bist kein Afrikaner, Sohn! Du bist ein stolzer amerikanischer Staatsbürger. Sie werden mit dir den Boden aufwischen, John." Dann umarmte sie ihren Sohn, machte das Kreuzzeichen und wischte sich die Tränen aus den Augen. John musste an die Worte seiner Mutter denken, während er vor dem Afrikaner stand und in seine dunklen Augen blickte. Dieser lächelte ihn arglos an.

Was hatte seine Mutter denn erreicht mit ihrer gottesfürchtigen Einstellung, fragte er sich.

John beschloss, seine Mutter aus seinem Gehirn zu verbannen. Das Englisch des Mannes aus Ghana wies einen starken Akzent auf.

„My name is Mukelele Mbembe", wiederholte er sich. Mit einer angenehmen dunklen Stimme.

„Ich weiß, dass du John Robinson bist", fuhr er fort, „und ich sage es dir gleich ganz direkt und ohne Umschweife, Bruder. Wir können deine Mitarbeit in unserer Organisation sehr gut gebrauchen!"

Der Mann, dessen Hautfarbe noch um einige Nuancen dunkler war als Johns, hatte hohe Wangenknochen, ein fliehendes Kinn, wodurch sein breiter Mund stark zur Geltung kam. Die großen dunklen Augen lächelten John unentwegt freundlich an.

John ahnte, was der Ghanaer mit dieser Umschreibung Organisation meinte, und eine starke Vorfreude ergriff ihn. Die Warnungen seiner Mutter waren vergessen.

Er hatte sich vor Jahren schon einmal um diese „Firma" bemüht. Mukelele kniff die Augen zusammen und ließ sie prüfend umherschweifen, er wollte sicher sein, dass niemand mithören konnte.

Dann winkte er John in einen leeren Nebenraum. John wusste genau, dass es sich um eine sogenannte *Scammer company* handelte, die im großen Stil betrügerisch weltweit agierte.

Mukelele sagte mit gedämpfter Stimme: „Bruder, jemanden wie dich haben wir gesucht. Dein Englisch ist gut und dein Benehmen lässt nichts zu wünschen übrig. Wir haben dich überwachen lassen!" Das allerdings überraschte John.

„Hör zu, Bruder, du weißt ja Bescheid, du musst diese Frauen heißmachen, du musst sie antörnen, geil und verliebt machen, aber auch nicht vergessen: immer Gentleman bleiben. Du musst den galanten Verführer spielen, der ihnen die Ehe verspricht, den Himmel auf Erden. Dabei immer höflich bleiben. Dass wollen die so, verstehst du mich, Bruder?" John hörte gebannt zu, das war genau nach seinem Geschmack.

„Du musst eines wissen, mein Freund, John", und dabei verzog er sein Gesicht zu einem breiten Grinsen.

„Das sind doch alles ältere Frauen, die durch Erbschaften oder Heirat mit wohlhabenden, weißen Männern reich geworden sind. Jetzt aber frustrierte Witwen sind oder geschiedene Ehefrauen.
Die wollen alle noch mal was erleben und das Geld ihrer Männer verprassen. Verstehst du mich, Bruder?"
Er machte eine kurze Pause, um seinen Worten Nachdruck zu verleihen. „Und die sind alle geil, glaub mir, Bruder."

„Ich sag's dir ehrlich, Bruder", antwortete John, ebenfalls in einem leisen Ton.

„Diese Weiber kann ich dir heißmachen, das kannst du mir glauben!", prahlte John!

„Das verspreche ich dir bei der heiligen Jungfrau Maria!" Mukelele schaute ihn einen Moment irritiert an.

Ein Kellner kam vorbei und bot ihnen volle Weingläser auf einem silbernen Tablett an. Als er sich entfernt hatte, fuhr Mukelele Mbembe fort.

„Du darfst dich bloß nicht in eine verlieben, hörst du Bruder!"

„Was soll ich für diese Frauen schon empfinden, außer Verachtung?", antwortete John aus tiefster Überzeugung und trank einen Schluck kalifornischen Weißwein. Er, John, ein stolzer amerikanischer Staatsbürger, fand es im höchsten Maße verwerflich, dass diese weißen Frauen so viel Geld hatten. Dabei dachte er besonders an seine schwarzen Schwestern, die teilweise sehr arm waren. Sie konnten sich nur mit Putzarbeit bei weißen Familien mühsam über Wasser halten.

Er hatte ja mit dieser afrikanischen Gang nur indirekt zu tun und fühlte sich moralisch nicht verantwortlich und somit in keiner Weise schuldig. „Ich wasche meine Hände in Unschuld wie König Herodes", dachte er, denn seine Mutter hatte ihn christlich erzogen und das gesamte Bibelwerk in ihn hineingepaukt.

„Ich bräuchte nur so etwas wie einen Vertrag!", sagte er laut zu Mukelele und dieser legte zufrieden seinen Arm um Johns Schultern. Sie gingen zurück in den großen Saal zu den anderen Gästen.

„Sollst du haben, Bruder, aber zuvor will ich dir noch etwas erzählen:

Diese ghanaischen und nigerianischen Betrügerbanden werden von den Einheimischen ehrfurchtsvoll die *419er* genannt. Sie werden von der afrikanischen Bevölkerung wie Helden verehrt, John", erklärte ihm Mukelele nicht ohne Stolz auf dem Weg zurück in den feudal eingerichteten großen Festsaal.

„Die Zahl bezieht sich auf den Paragrafen 38 des nigerianischen Strafgesetzbuches, der sich mit Betrug beschäftigt, und glaube mir, Bruder, jeder unserer

Brüder versucht, sich einen Job in dieser Organisation zu angeln. Du kannst also sehr stolz sein, dass wir dich auserwählt haben! Das ist eine große Ehre für dich!"

Mukelele nickte bedeutungsvoll und ließ sich herab und schüttelte John zufrieden die Hand auf amerikanische Art und sie besiegelten damit ihren unmoralischen Pakt.

Mukelele holte ein zerknittertes Blatt Papier aus seinem langen Gewand, auf dem ziemlich unleserlich die Vertragsbedingungen standen.

John steckte ihn zufrieden ein, nachdem er einen kurzen Blick auf die Dollarsumme geworfen hatte.

DIE FAHRT NACH WIEN

Am nächsten Abend schaltete Helen ihren Laptop ein und stellte zu ihrer großen Überraschung fest, dass Mr. Chandler sich einen eigenen Account eingerichtet hatte.

Über Nacht sah man das Foto dieses Zivilisten anstatt in Anzug und Krawatte, plötzlich in einer US-amerikanischen Vier-Sterne-Generaluniform. Helen stockte der Atem.

Er sah umwerfend aus. Friendsbook sagte ihr:

„Ihr seid jetzt auf Messenger verbunden!"

„Mrs. Lemberg, darf ich Helen zu Ihnen sagen? Ich freue mich außerordentlich, dass Sie meine Freundschaftsanfrage angenommen haben.

Es ist mir eine Ehre!"

„Lieber Mr. äh Herr, ich meine ... General Chandler, ich muss Ihre Information bitte erst einmal sortieren und möchte das Gespräch vorerst beenden!"

„Selbstverständlich, Mrs. Lemberg, ich werde auf Ihre nächste Message warten. Ich freue mich schon darauf!"

„Ich würde nur noch gerne wissen, General, wie sind Sie denn auf meinen Account gekommen?", schrieb sie zurück, aber ohne auf eine Antwort von ihm zu warten, schaltete sie schnell ab.

Helen war sehr froh, dass sie am nächsten Tag ein Meeting mit Geschäftsleuten in Wien hatte.

Diese Ablenkung war ihr höchst willkommen.

Ununterbrochener Schneeregen auf der Autobahn bis nach Wien! Der schwarze BMW V8 fuhr problemlos durch die schlimmsten Unwetter, durch Aquaplaning und starke Sturmböen. Nichts konnte dieses Auto aus der Spur bringen.

„Die Bodenhaftung ist legendär und das ist beruhigend", dachte sie stolz.

Trotzdem strengte sie die Fahrt stark an. Im Hotel angekommen, sank sie erschöpft auf ihrem Hotelbett in einen kurzen, tiefen Schlaf.

Dann schreckte sie hoch! Schon halb acht, sie war doch zu Abendessen verabredet.

Die Geschäftsleute warteten bereits in der Hotelhalle auf sie.

Nach zwei Tagen fuhr sie wieder heim, ohne jedoch die spanische Lipizzaner-Vorführung der Wiener Hofreitschule gesehen zu haben.

Zu Hause öffnete sie sofort ihren Account. Während der Geschäftsreise hatte sie absichtlich nicht in ihren Laptop geschaut.

Als Erstes tippte sie mit der Maus auf das Gesicht von General Chandler.

Dieser sandte ihr auf Portugiesisch eine längere Nachricht.

Irrtümlich hielt sie diese Message für Spanisch.

Als sie ihren Irrtum bemerkte, war sie erst einmal verärgert.

Sie schrieb dem General: „Ich weiß nicht, ob Sie es wissen, General, aber ich spreche Deutsch."

HELEN UND DER GENERAL

Die Antwort kam prompt auf Deutsch. „Entschuldigen Sie, Frau von Lemberg, darf ich mich noch einmal vorstellen, mein Name ist Robert W. Chandler.

Ich bin US-General, 62 Jahre alt und Witwer.

Ich bin momentan in Syrien stationiert. Was wollen Sie noch wissen?"

„Danke, Mr. Chandler, darf ich Sie fragen, wie Sie meinen Namen gefunden haben ...?"

General Chandler begann ein sehr charmantes Gespräch mit Helen, aber diese Antwort blieb er ihr vorerst schuldig. Auf seinem Foto trug er die typische olivfarbene Generals-Uniformjacke mit den vielen bunten Ehrenabzeichen. Die Militärmütze mit dem glänzenden, schwarzen Schild, auf dem goldenes Eichenlaub appliziert war, fand sie aufregend.

Helen konnte es zuerst nicht glauben, aber eines war sicher: Der General und seine Uniform waren echt.

Diese freundlichen Augen, dieser Militärhaarschnitt seitlich sehr kurz und die Platoon Awards.

Alles echt! Vier Sterne, die höchste Auszeichnung die man erreichen kann. Das war kein *fake.* Das war alles echt. Ihr Herz schlug etwas schneller.

„Ich bin beeindruckt" schrieb sie ihm und meinte es ernst, „woher sprechen Sie so gut Deutsch?"

„Ich spreche vier Sprachen", war die Antwort. Das klang gebildet.

Ein Mann wie dieser würde keine Scherze mit ihr machen. Da war sie sich ganz sicher. Jetzt wurde die Sache wirklich aufregend!

„Aber ich werde ihm noch viele Fragen stellen, bevor ich ihn ernst nehme", schwor sie sich.

„Weißt du, Darling", schrieb der General ihr und diese Vertraulichkeit nach so kurzer Zeit verwunderte sie, aber gleichzeitig gab sie ihr auch einen angenehmen erotischen Kick. „Als ich meine Frau vor acht Jahren durch einen Autounfall verlor, das war eine extrem schwere Zeit für mich. Sie war Brasilianerin. Unser Sohn Patrick war gerade ein Jahr alt."

Einerseits war Helen natürlich betroffen, andererseits aber durchlief sie ein wohliger Schauer, wenn sie daran dachte, dass dieser Mann durch diesen Schicksalsschlag wieder frei geworden war und welchen vertraulichen, intimen Ton er anschlug, um ihr das zu berichten.

Fast glaubte sie, seine zärtliche Stimme real zu hören, und ein starkes, emotionales Gefühl erfasste Helen.

„Ich glaube, ich bin drauf und dran, mich zu verlieben", dachte sie. Alle warnenden Stimmen in ihrem Kopf waren plötzlich abgeschaltet.

„Ich bin so froh, dich gefunden zu haben, my dear Helen, welch schöner Name das ist", schrieb er ihr.

„Ja, Robert ich kann mir gut vorstellen, was du durchgemacht hast und wie sehr du wegen des Unfalles deiner Frau gelitten haben musst."

„Ich musste in Syrien kämpfen, für meinen kleinen Sohn eine Nanny finden, konnte mich kaum um ihn kümmern", schrieb er zurück. „Warst du denn wirklich alleine? War da keine Frau, die für dich und deinen kleinen Sohn sorgen wollte?"

Ihre Englischkenntnisse reichten gerade aus, um diese verliebten und mitfühlenden Worte über Messenger zu senden.

„Oh, schon, Darling, aber keine war darunter, mit der ich eine ehrliche neue Beziehung beginnen wollte. Ich hatte doch weder die Zeit", schrieb er weiter, „noch die Lust, jemanden kennenzulernen! Die Armee hat mich aber nach Kräften unterstützt." Jeden Tag verliebte sie sich ein wenig stärker in ihn. Es war, als hätte sie jemand aus einem Dornröschenschlaf erweckt mit einem verzauberten Kuss. Sie konnte es nicht glauben, welche starken Gefühle noch in ihr schlummerten. Und wie tief man sie vergraben kann, das überraschte sie.

„Ich bin so froh, Darling, dass ich dich über diesen ungewöhnlichen Weg gefunden habe!

Du gefällst mir so sehr, du bist so schön, ich habe mich so sehr in dein Gesicht verliebt! Ich kann es gar nicht erwarten, dich in Wirklichkeit zu sehen. Du bist genau die Richtige für mich und meinen Sohn! Mit dir möchte noch einmal eine ehrliche neue Beziehung beginnen.

Überrascht dich das, Helen?" Sie schaltete erst einmal ihren Computer aus und ging in die Küche, um sich eine große Tasse heißen Earl Grey Tee zuzubereiten. Immer wieder versuchte sie, zwischendurch ihre Gedanken zu ordnen. Der schriftliche Austausch auf Messenger wurde immer intensiver. Sie erwartete jede neue Nachricht von ihm sehnsüchtig und voller Ungeduld. „Wie habe ich den Alltag vor diesen Chats nur ertragen?", dachte sie und schämte sich ein wenig, ob ihrer naiven Verliebtheit. „Ich bin doch kein Teenager mehr."

Sie stellte ihre große Tasse auf den Tisch und schaltete ihren Computer wieder ein und kaum war sie *online*, meldete sich der General, als ob er ständig auf ihre Nachricht warten würde.

„Ich habe meinen achtjährigen Sohn schon so viel von dir erzählt, Darling, und er ist sehr neugierig auf dich!"

„Oh Robert, ich bin so gerührt, du machst mich glücklich mit dieser Message."

Er hatte ihr gerade ein Foto gemailt, welches ihn mit seinem Sohn zeigte. Er war in voller Ausgehuniform, der kleine Junge neben ihm, der einen blassen und traurigen Eindruck machte, rührte sie. „Das werde ich ändern", dachte sie.

Ein anderes Bild zeigte ihn in einer zerstörten Stadt in Afghanistan mit seiner Patrouille. Alle trugen gefleckte Tarnanzüge. Sie gingen eine verstaubte Straße entlang, auf beiden Seiten der Straße waren nur zerstörte Häuser zu sehen. Alle Soldaten trugen Stahlhelme und schusssichere Westen. Seitlich am Oberarm konnte sie das kleine Emblem der amerikanischen Flagge erkennen.

Die ganze Aufmerksamkeit der Soldaten richtete sich auf den General, der sich in der Mitte der Gruppe befand, als ihr Befehlshaber.

Dazu schrieb er: „Helen, glaube mir, ich bin müde nach 40-jährigem Service und Kämpfen für die Armee."

Furcht überfiel sie plötzlich, dass ihm doch noch etwas zustoßen könnte, so kurz vor der Beendigung seiner militärischen Laufbahn.

Was, wenn ihm jetzt noch etwas passieren würde? Er verwundet oder gar getötet werden könnte? Nicht auszudenken. Unmittelbar vor der Erfüllung ihres Glücks?

Aber auch Bewunderung und Stolz mischten sich in ihre Gefühle. Sie liebte ihn plötzlich stark.

„Robert, was ist, wenn dir etwas passiert?"

„Bitte Helen, mach dir keine Gedanken wegen mir", chattete er. „Du brauchst dir deinen Kopf darüber nicht zu zerbrechen – wir sind trainiert darauf, in ständiger Gefahr zu sein. Ich verspreche es dir, alles wird gut, dear Helen! Aber es tut gut, dass du dir Sorgen um mich machst! Das habe ich so lange vermisst, my Dear, dass sich eine Frau wieder Sorgen um mich macht."

„Denke bitte nur an unsere Zukunft!"

„Ich habe meinen Ruhestand beantragt, jetzt da ich dich kennengelernt habe", schrieb er, „brauche ich eine Frau wie dich! Nicht so ein junges Mädchen, das alles Mögliche noch erleben möchte. Ich brauche dich, Darling. Ich muss immer an dich denken und an die schöne Zeit, die vor uns liegt."

Sie trank einen Schluck ihres Tees und schrieb zurück:

„Robert, hast du dir denn schon Gedanken über unsere Zukunft gemacht?"

„Das ist mir egal, Honey. Ich gehe mit dir, wohin du willst! Ich habe genug Geld, kriege eine gute Pension in meiner Position. Wir können uns überall ein schönes Haus sogar mit Swimmingpool leisten!

Glaube mir, um Geld brauchst du dir keine Sorgen zu machen. Sag du mir, welches Land wir wählen sollen, ich werde mit dir dort hingehen.

Deutschland, USA, Frankreich oder Italien? Nach meiner Pensionierung kann ich gehen, wohin ich will."

Sie blickte verträumt aus dem Fenster, Helen konnte immer noch nicht glauben, was er ihr erzählte.

Draußen war es regnerisch und grau.

Ein stürmischer Wind heulte ums Haus. Die Äste der Bäume bogen sich so stark, dass sie abzubrechen drohten. Der Wind verfing sich in den Baumkronen der riesigen Bäume und schüttelte sie hin und her wie Spielzeug.

Ein wohliger Schauer durchfuhr sie. Sie hatte plötzlich keine Angst mehr vor der Zukunft. Einsamkeit und Traurigkeit schienen der Vergangenheit anzugehören.

Helen träumte von einer gemeinsamen Zukunft in der Toskana, Nizza oder Rom.

Die Firma war ihr plötzlich nicht mehr so wichtig, dafür gab es ja ihre Vorstände. Der achtjährige Sohn von Robert wusste schon von ihr, das machte sie glücklich, Sie wollte ihn zu sich holen, hatte ihn doch so ein schweres Schicksal getroffen und er seine Mutter auf so tragische Weise verloren.

So jung musste er auf eine Militärakademie in Amerika gehen. In seinem Alter! Nein, er gehörte zu seinem Vater. Er tat ihr so leid, so ein hübscher, trauriger Junge.

Ihren jüngeren Sohn Hugo würde sie natürlich mitnehmen und sie würden noch einmal eine richtige Familie sein.

„Oh mein Gott, wäre das schön", schrieb sie Robert auf *Messenger*. „Until tomorrow, my dear Robert."

Dann klickte sie Immobilienanzeigen „Frankreich" „Côte d'Azur" und „Provence" an: Ein großes Angebot erschien auf ihrem Display! Die schönsten Villen in allen Größen direkt am Meer oder tief im Landesinneren, alle mit Swimmingpool und in allen Preisklassen.

Das Leben hielt doch immer noch Überraschungen für sie bereit. Und die wollte sie ergreifen, ihr Schicksal annehmen, komme da, was wolle!

DIE KUNST, WEISSE FRAUEN VERLIEBT ZU MACHEN

Johns Mutter bekreuzigte sich!

„Sie werden dich in deinem Blut liegen lassen, glaube mir, Sohn. Du bist diesen Leuten aus Afrika nicht gewachsen. Ich habe darüber gelesen. Mord und Totschlag gibt es dort. John, lass die Finger von diesen Geschichten. Ich habe dich als Christ erzogen und das, was du jetzt vorhast, ist Sünde!" John verzog sein Gesicht. Seine alte Mutter war da überfordert, das wusste er.

„Tu es nicht, ich bitte dich als deine Mutter!

Jesus wird dir nicht vergeben, er wird dich bestrafen für deine Sünden und du musst in der Hölle schmoren, glaube mir."

„Bitte, Mom, hör auf, ich bin alt genug, um meine eigenen Entscheidungen zu treffen."'

„Du musst ein gottgefälliges Leben führen, John!",
fuhr sie unbeirrt fort. Aber John wollte nichts auf die
warnenden Worte seiner Mutter geben. Was für ein
gottgefälliges, aber armseliges Leben hat seine Mutter
leben müssen. Das wollte er nicht leben. Unter keinen
Umständen

„Come on, hör schon auf damit, Mutter, setze dich
erst einmal ins Auto, ich fahr dich heim."

John wurde das Gespräch sehr unangenehm´

„Ich will lieber hinten sitzen."

„Auch O. K., Mom."

Liza Robinson presste den Kopf gegen die Lehne des
Vordersitzes und schloss die Augen.

Ihr alter Strohhut mit den bunten Kunstblumen
verrutschte. Sie betete zu ihrem Ehemann, der schon
vor so langer Zeit auf seinem kleinen Motorrad auf dem
Highway von einem heranrasenden Greyhoundbus
erfasst und zerquetscht worden war. Sie betete zu den
Geistern, die in den tiefen Wassern leben und in den
hohen Wolken schweben.

Sie wusste, dass es Sünde war und der Gott der Christen das nicht duldete.

Doch in solch einem schwerwiegenden Fall, wenn das Seelenheil ihres Sohnes in Gefahr war, musste sie sich gleich über mehrere Seiten absichern.

Dann wird sie diese Sünde eben nächsten Sonntag vor der Messe dem Geistlichen beichten müssen.

Sie fuhr fort, zu ihren Ahnen zu beten, deren Seelen ständig um sie herumschwebten oder auf dem alten Friedhof auf sie warteten. Dort zündete sie jeden Sonntagabend eine Kerze an.

Tränen liefen ihr übers Gesicht, als sie darum bat, ihren Sohn von seinem sündigen Vorhaben abzubringen.

Zuletzt rief sie noch die heilige Jungfrau Maria zur Hilfe.

Auf die konnte man sich am besten verlassen, sie war eine Mutter wie sie.

Da wurde sie unterbrochen, weil ihr Sohn einstieg und den Motor anließ und sie nach Hause fuhr. Sie sprachen nicht mehr miteinander, bis er sie vor ihrem Haus absetzte.

Wieder zurück in seiner eigenen Wohnung, hielt John eine braune Papiertüte mit Cheeseburgern in der einen und triumphierend einen handgeschriebenen Vertrag in der anderen Hand. Kauend erzählte er Lenny, was er da aufgerissen hatte.

Zufrieden nahm er einen tiefen Schluck aus seiner Cola-Dose.

„Weißt du, Lenny, die holen sich jetzt nur noch Frauen aus Brasilien oder Europa."

„Mann, wovon sprichst du, Alter?"

Lenny reagierte sauer, er war manchmal etwas begriffsstutzig und blickte neidisch auf Johns Cheeseburger.

„Ich kapier's immer noch nicht, drück dich doch mal was easier aus, Alter!"

„Weil in Amerika der Markt mit den alten *Schrapnellen* schon gedeckt ist", antwortete John missmutig.

„Also lass erst mal ein paar Pommes rüberwachsen, ehe du weiterlaberst."

„Mann, bist du blöd, ich warte auf meinen ersten Auftrag."

„Na und, was willst du mir damit sagen, Mann?", fragte Ted naiv.

„Du checkst es einfach nicht, weil es da richtig Kohle gibt, Alter, und weil hier schon zu viel passiert ist mit den geklauten Pics", fährt er unwirsch fort. Lennard hangelte sich jetzt, ohne nochmal zu fragen, ein paar Pommes rüber.

„Meinst du, das interessiert mich, Alter? Das geht mir am Arsch vorbei, ob die alten, geilen Weiber nicht mehr auf die gestohlenen Pics reinfallen", schimpfte Lenny zurück. Und tunkte dabei seine Pommes ins Ketchup!

„Naja, ich möchte es mal so ausdrücken, Bruder, hier sind die Frauen schon gewarnt."

„Ach und in Europa nicht?"

„Nein, Alter, da ist die Sache noch total unbekannt und echt heiß."

Inzwischen hatte John über eine Suchmaschine in Ghana ein paar Fotos von Frauen aus Europa und Brasilien gemailt bekommen. Er zeigte die Bilder gleich seinem Kumpel Lenny. John und Lenny waren überrascht, wie viele gut aussehende Frauen dabei waren, obwohl alle schon nicht mehr jung waren, die meisten bestimmt um die fünfzig Jahre alt.

Das hätte John nicht für möglich gehalten.

„Verdammt geile Weiber!", rief er überrascht!

Jetzt reizte ihn die Aufgabe noch mehr.

Wenn er sich anstrengte, sprach er ein gutes Englisch, durch seine Arbeit auf der Uni. Er wusste, dass das eine wichtige Voraussetzung war, um mit diesen Frauen Konversation zu betreiben.

Johnny entschied sich für zwei schöne Frauen, eine Brasilianerin und eine Deutsche.

Sein Mitbewohner wurde richtig neidisch.

„Hey, John", fragte er in einem gekünstelten, freundlichen Ton, „kannst du meine Mitarbeit nicht doch irgendwie gebrauchen?"

„Nein, Lenny, tut mir leid, habe ich dir doch schon mal gesagt, abgesehen davon, dass dein englischer Wortschatz ganz bescheiden ist, kannst du dich auch nicht richtig ausdrücken, das ist leider so. Wie willst du es jemals schaffen, so eine Alte in dich verliebt zu machen?" Lenny reagierte mit einem Schwall obszöner Worte.

„Siehst du, Lenny, genau das meine ich."

John war sich aber dennoch völlig bewusst, dass er als Dunkelhäutiger nicht ohne die gestohlenen Fotos weißer Männer an diese Frauen rankommen würde.

Diese Frauen verkörperten Hass- und Liebesobjekt gleichermaßen für ihn, denn er wusste: Nicht jeder Schwarze sieht aus wie Denzel Washington.

„Du musst dir die Botschaft dieser Afrikaner merken."

„Was denn für 'ne Botschaft? Hä, was meinst du?"

„Die Botschaft dieser cleveren afrikanischen *Gang*, Lenny, und hör mir jetzt mal genau zu und hämmere dir das in dein Spatzenhirn! Das Rezept heißt:

Heiße Gefühlsversprechungen plus Zukunftspläne schmieden, plus Liebesschwüre labern und das Allerwichtigste sind angsterzeugende Kriegsschauplätze natürlich, wo der Mann ihrer Träume sich gerade aufhält, um von diesen verknallten Weibern gerettet werden zu werden, kapierst du das?

Dann und nur dann", sagte er bedeutungsvoll, „machen sie die Kohle locker!"

Dabei hob er den Zeigefinger und gleich danach den Mittelfinger und fing laut an zu lachen.

Lenny nahm die Fernbedienung stand umständlich auf und schlurfte in die Küche. „Kapier ich nicht und interessiert mich auch nicht!"

„Oh mein Gott, wann kapierst du überhaupt was oder tust du nur so blöd, Lenny?"

„Was gibt's denn heute zu essen, John?", lenkte Lenny ab.

„Das ist die Message dieser Organisation", fuhr John unbeirrt fort. Er war wieder ziemlich schlecht gelaunt, weil sein Kumpel, anstatt ihm zuzuhören, wieder nur ans Essen dachte.

„Ach, lass mich doch in Ruhe mit deiner *fucking* Message. Sag mir lieber, was du zu essen dahast, oder soll ich 'ne Pizza bestellen?"

BLIND DATE

„Robert, bitte beantworte mir eine Frage", schrieb sie, „du hast doch manchmal Urlaub?"

„Yes, my dear Helen, Fronturlaub bekomme ich von Zeit zu Zeit, was willst du mir sagen?"

„Robert, ich würde dich so gerne irgendwann einmal sehen, dich einmal kurz treffen. Live sozusagen, von Angesicht zu Angesicht. Klingt doch lustig, oder?" Seine Antwort ließ auf sich warten Dann schrieb er zurück. „Gerne, Helen, aber wie könnten wir das arrangieren?" Sie schrieb aufgeregt weiter. „Ja, ich meine, du als General solltest doch die Möglichkeit haben, nach Frankfurt zu kommen. Ihr habt doch Militärmaschinen, vielleicht kannst du das mit einem anderen Auftrag verbinden? Da ergäbe sich doch eine Gelegenheit für dich, sodass wir uns einmal kurz kennenlernen könnten, was meinst du?" Eine Schreibpause trat ein. „Hallo?" „Ja, natürlich, ich habe immer mal wieder einen Grund, nach Deutschland zu kommen, zum Beispiel muss ich ab und zu nach *Ramstein*!" „Ein gemeinsames Mittagessen oder Abendessen? Und dann fliegst du weiter." Sosehr sie diesen Mann inzwischen mochte, Helen wollte ihn dennoch einmal sehen und mit ihm sprechen und Gewissheit bekommen.

Nach einer kurzen Pause schrieb er: „O. K., Darling, ja, wenn ich so darüber nachdenke, dann ließe sich das schon einrichten. Das wäre doch einfach wunderbar. Ich würde dich ja auch so gerne kennenlernen, deine Stimme und dein Lachen hören."

„Ja", schrieb sie glücklich zurück, „das wäre doch fast wie ein *Blind Date*, ich fände das aufregend, ich wette, ich würde dich schon von Weitem erkennen. Du müsstest keine Nelke im Knopfloch tragen. Ich kenne auch ein Museum of Modern Art, das heißt *Städel Museum* in der Innenstadt, da gibt es einen wirklich schönen *Coffeeshop*."

„*Coffeeshop?*", schrieb er zurück. „Weißt du, Darling, lass mich darüber nachdenken, wie wir das arrangieren könnten. Der Gedanke gefällt mir. Aber ich muss jetzt leider Schluss machen. Muss jetzt unseren Chat beenden, obwohl ich noch so gerne länger mit dir auf *Messenger* verbunden wäre, Darling!

Muss heute noch auf Patrouille. Ich muss meine Einheit rekrutieren."

„Bitte sei vorsichtig, Liebster, pass auf dich auf!" Plötzlich hatte sie wieder Angst um ihn. Es durfte ihm jetzt nichts mehr passieren, so kurz vor der Erfüllung ihres Glückes.

AM CHINESISCHEN TURM

„Du hast recht, Gloria, ich habe noch so viele Urlaubstage zu bekommen. Ich werde eine Studienreise nach Florenz machen und einen Malkurs und Töpferkurs belegen. Ich liebe Florenz!"

„So gefällst du mir!", sagte Gloria. Morgen gehen wir gleich in das Reisebüro, aber vorher treffen wir uns zur Brotzeit im Englischen Garten am Chinesischen Turm. Einverstanden? Eva, du musst immer positiv denken und nicht in Depressionen verfallen, so gefällst du mir schon viel besser!", flötete die Schwester, „um 12 Uhr, sei aber bitte pünktlich!"

Gloria, die Schwester von Eva, die sich wegen ihrer Mutterschaft oft überheblich ihrer Schwester gegenüber verhielt. Sie war mit einem erfolgreichen Anwalt verheiratet. Sie hatten zwei Töchter. Der Ehemann, der sich nicht mehr allzu oft zu Hause blicken ließ, ging oft morgens sehr früh weg. Am Abend kehrte er erst spät nach Hause zurück. Auch am Wochenende machte er manchmal Überstunden.

Gloria schminkte sich zu stark, mit langen, falschen Wimpern und blauschwarz gefärbtem Haar, das sie meistens altmodisch toupiert hochgesteckt trug. Sie wollte rassig wirken, was aber im krassen Gegensatz zu ihrer matronenhaften Figur stand. Der verzweifelte Versuch, immer noch sexy und jugendlich zu wirken, schlug bei ihrem Ehemann fehl.

Es war ein wunderschöner Tag im Englischen Garten, direkt am Kleinhesseloher See. Wenn das Wetter mitspielte, fuhren die Menschen mit Tretbooten oder mit Elektrobooten über den kleinen See.

Ein Riesenbetrieb und eine echte Gaudi für die einheimischen Münchner und für die *Möchtegerne-Bayern*. Viele Touristen aus aller Welt zog es an diesen Ort.

Die braun lackierten Holzbänke glänzten in der Sonne und waren eng besetzt mit gut gelaunten Menschen. Viele brachten ihre eigenen karierten Tischdecken mit und ihre eigene Brotzeit.

In großen Holzschalen mit rot karierten Servierten lagen Semmeln in allen Variationen auf den Tischen, appetitlich verpackt. Dazu gab es riesengroße knusprige Brezeln.

Die gesalzenen Rettiche, die in hauchdünne Scheiben geschnitten waren und fleißig vor sich hin schwitzten und viel Saft erzeugten.

Zerdrückter Weichkäse, den *Obatzten*, der zu einer cremig-buttrigen Masse mit viel Paprika vermischt war und mit frischen, rohen Zwiebelringen angeboten wurde.

Ein traditionelles bayerisches Gericht aus der Not geboren, wenn zu viel Käsereste übrig blieben.

Das war bayerische Tradition und dazu gab es eine Maß Bier oder Radler, eine halbe Limo und ein halbes Bier zusammengemischt. Für die echten Bayern gab es dieses Getränk nicht.

Dafür standen die Menschen geduldig in langen Schlangen vor dem Bierstand und warteten, bis sie ihre schweren Maßkrüge aus grauem Ton oder geschliffenem Glas abholen konnten.

An den langen Holztischen wurde fröhlich angestoßen. Ständig hörte man das laute klackende Geräusch aneinanderstoßender Biergläser, es herrschten eine sehr gute Stimmung und viel Gelächter.

Alle waren bayerisch gekleidet, die Frauen in tief ausgeschnittenen Dirndln und weißen Spitzenblüschen, die Männer in gestandenen Lederhosen, die bis zum Knie reichten und teilweise schön bestickt waren.

Bayerische Filzhüte mit echten oder falschen Gamsbärten und echte Gamshornknöpfe an den bayrischen Jacken.

Die Kulisse des Chinesischen Turms, der 1790 erbaut wurde, erfreute sich schon seit jener Zeit großer Beliebtheit und war jeden Sommer ein magischer Anziehungspunkt.

Die Sonne malt schöne bewegliche Schatten auf die bunt gekleideten Menschen. Die großen Kastanienblätter wurden durch einen angenehmen Wind hin und her bewegt und rauschten sanft.

Ein Mann mittleren Alters saß neben Evas Schwester und blickte sich erwartungsvoll um.

Gloria hatte sich in ein viel zu enges Dirndl gezwängt und die weiße Spitzenbluse zeigte zu viel von ihrem üppigen Busen. Eva, die über den Kiesweg näher kam, erkannte ihre Schwester schon von Weitem und verlangsamte ihren Schritt. Den Mann, den sie neben ihrer Schwester sitzen sah, kannte sie nicht, aber sie wusste sofort, was los war.

„Oh nein, nicht das schon wieder", dachte sie, „es fehlt nur noch das Erkennungszeichen ‚rote Nelke' im Knopfloch!"

Eva ahnte, was ihre Schwester wieder im Schilde führte, und war wirklich böse auf sie. Ein Verkupplungsversuch, wie sie es schon wiederholt in der Vergangenheit erlebt hatte. Wo hatte sie den Mann wieder aufgetrieben? Welche Partnerbörse hat sie diesmal bemüht?

Sie drehte sich auf dem Absatz um und ging beschämt und wütend zu ihrem Auto zurück. Tief in ihrem Inneren fühlte sie einen tiefen Groll auf ihre Schwester. Sie stieg in ihren BMW. Sie war sehr wütend!

Dieser fremde Mann und ihre Schwester hatten sie Gott sei Dank nicht gesehen. Sie war so froh, als sie in ihrem Auto saß auf den hellbeigen echten Ledersitzen. Das Cockpit war aus gelacktem dunklem Holz. Dieses Auto, das sie so liebte, war auch ihr Rückzugsort. Ihr BMW stand völlig eingekeilt zwischen den anderen Fahrzeugen, aber das war ihr egal.

Tränen liefen ihr übers Gesicht und verschmierten das sorgfältig aufgetragene Make-up. Nur heute hatte sie es ausnahmsweise aufgetragen. Sie konnte den Parkplatz nicht verlassen, aber hier würde ihre Schwester sie nicht finden.

Wehmütig dachte sie an ihren General, der mit 62 Jahren noch so gut aussah, an seine freundlichen, blauen Augen. Aber nein, es gab ihn ja gar nicht, also konnte er auch nichts von ihrer Existenz wissen.

Sie bekam richtig Wut, dass dieser Mann gar nichts von ihr wusste, für den sie 12.500,00 Euro bezahlt und verloren hatte. Aber es war ja nicht seine Schuld. „Oh nein", dachte sie, sie würde sich nicht unterkriegen lassen, schon gar nicht von so einer Betrügerbande aus Ghana.

Sie konnte ihr Leben auch sehr gut alleine gestalten.

Sie bog sich ihren Rückspiegel zurecht, um ihr Gesicht zu sehen. Vorsichtig tupfte sie sich ihre Tränen ab, ihre Augen waren rot und verquollen. Niemand konnte sie hinter den dunklen Scheiben sehen.

Schließlich gab es Theater- oder Opernbesuche, Kreuzfahrten, gute Freundinnen, die in derselben Lage waren wie sie, dachte sie trotzig.

Aber gleichzeitig fühlte sie eine tiefe Resignation in sich … die eine tödliche Sehnsucht nach sich zog.

Eine unheimliche Sehnsucht, ihr Leben zu beenden.

Wenn sie morgens ins Büro ging, dann wusste sie, dass sie so viel Arbeit hatte, dass sie nicht nachdenken konnte. Da wurde sie gebraucht, da war sie anerkannt. Sie hatte bereits eine höhere Position erreicht und konnte über Untergebene bestimmen.

Die schmeichelnden Worte des Generals kamen ihr in den Sinn. Genau, wonach sie sich gesehnt, aber nicht mehr zu hoffen gewagt hatte. Immer wieder kreisten ihre Gedanken um seine Person, ohne eine Lösung oder eine Antwort zu finden.

Natürlich war sie bereit gewesen, ihm die 12.500,00 Euro zu bezahlen. Gerne!

Herausholen wollte sie ihn, aus dieser Kriegshölle.

Sie wollte ihm unbedingt helfen, damit er seinen Sohn endlich zu sich holen konnte.

Er würde bald in Pension gehen, aber dann kam ihr wieder jäh zu Bewusstsein: Es gab ihn ja gar nicht!

Diese Enttäuschung. Diese zwiespältigen Gefühle, diese Erkenntnis, dass es ihn zwar wirklich gab, er aber nichts von ihr wusste, womöglich glücklich verheiratet war und in den USA lebte, wahrscheinlich Kinder hatte, die sicher schon erwachsen waren. Wie sehr hatte sie wieder Hoffnung geschöpft, sich noch einmal zu verlieben – in ein Phantom!

Einfach infam. Alles Lüge, Lüge, Lüge!

Menschliche Bestien mussten das sein, so mit den Gefühlen einsamer Menschen zu spielen, aus reiner Habgier. Sie wusste, sie würde dieses Verhalten, so etwas Verwerfliches zu tun, niemals ergründen können.

Sie wollte jetzt gar nicht mehr darüber nachdenken und es wurde ihr schmerzlich bewusst: Sie war eine von ihnen. Eine von diesen hereingelegten, betrogenen Frauen. Eine von diesen traurigen, weiblichen Wesen, eine jener Verliererinnen, die doch nur noch einmal von einer späten, romantischen Liebe geträumt hatten.

Eine jener Frauen, die zwar in die Jahre gekommen waren, aber immer noch reizvolle Signale aussandten.

Eine Frau, die immer noch nicht ihre Träume aufgegeben hatte, die aber jetzt so unglücklich auf diese Betrügerbande aus Ghana hereingefallen war.

Was sollte ihr das Leben denn noch bieten können?

In fünfzehn Jahren eine kleine Rente und dann ab ins soziale Altersheim?

Ein Zimmer teilen mit einer anderen Frau, die auch auf den Tod wartete? Nein, nicht mit ihr!

Langsam leerte sich der Parkplatz und die abendliche Sonne verschwand.

Glückliche Ehepaare gingen zu ihren Autos, schreiende fröhliche Kinder fuhren auf ihren kleinen Fahrrädern um ihr Auto herum. Oftmals ein unerträglicher Anblick für ältere Singles, die gerade eine schmerzhafte Enttäuschung erlebt hatten. Sie ließ den Motor der schweren Maschine an.

Ihr dunkelroter BMW 6er, der im letzten Abendlicht wie ein dunkler Rubin leuchtete, rollte fast lautlos aus der Parklücke, nur das leise Knirschen der breiten Reifen auf dem Kies war zu hören.

EINE FRAGE DES VERTRAUENS

„Helen", schrieb Robert, „ich vertraue dir." „Sage mir, was ich machen soll, Robert?"

„Meine Frau war doch Brasilianerin und deshalb habe ich ein Konto in Brasilien, auf dem noch viel Geld liegt", schrieb er ihr auf Messenger. „Das Konto ist auf meinem Namen ausgestellt.

Aber das Land will mir das Geld nicht ins Ausland überweisen. Und über mein Armeekonto geht das schon gar nicht."

Ich wollte dich fragen, Helen, ob ich das Geld zu dir überweisen könnte? Und ich hole es dann bei dir ab, sobald ich in Pension gehen kann! Wie viel ist es denn, Robert?

Es sind 850.000,00 Dollar.

Eva schluckte.

„Und wann kannst du das Geld dann abholen?"

„Erst in ein paar Monaten, Darling, solange ist es bei dir gut aufgehoben, dass weiß ich. Du wirst gut darauf aufpassen. Ich vertraue dir."

„Aber das weißt du doch, das verspreche ich dir, Robert, und das bleibt unser Geheimnis. Niemand wird davon erfahren.

O. K., Robert und erkläre mir bitte, wie du das machen willst, ich will dir natürlich im Rahmen meiner Möglichkeiten helfen."

„Darling, ich weiß, du würdest mich nie betrügen, deshalb musst du mir jetzt auch ganz stark vertrauen."

Es klang so einfach, was er schrieb, und ihre ganzen Bedenken waren wie weggewischt. Ein Mann in seiner Position würde sich einen Betrug dieser Art niemals leisten können.

Seine Generaluniform stand für *Integrität*. Jemand, der schon fast vierzig Jahre in der amerikanischen Armee gedient hatte, würde nichts Kriminelles tun.

Außerdem wollte er ja Geld schicken und keines von ihr haben. „Ich liebe dich, Helen." Und sie wollte seinen Worten glauben.

Helen konnte eine gewisse Aufregung nicht verbergen. Sie war nur von dem Wunsch beseelt, ihren General Chandler sobald wie möglich aus dem Kriegsgebiet zu holen. Dafür wollte sie sich einsetzen und sie freute sich schon auf diese Aufgabe.

„Listen, dear Helen, ich werde jetzt die brasilianische Bank beauftragen, dass sie dir das Geld aus Brasilien durch einen *diplomatic agent* zum Airport nach Frankfurt schicken soll Es sind immerhin 850.000.- Dollar, die dir via *briefcase* geliefert werden."

Helen war zu allem bereit. Dieser integre Mann hatte das verdient nach allem, was er durchgemacht hatte. Sie gab ihm ihr schriftliches Einverständnis. „Sag mir nur bitte, wann du die Entlassungspapiere bekommen könntest, damit du das Geld bei mir abholen kannst."

„Frühestens in ein paar Wochen, aber Darling du kannst ja schon ein kleines Haus für uns suchen und anzahlen, wo du auch immer unser neues Zuhause haben möchtest. Bist du damit einverstanden?

Das Geld haben meine verstorbene Frau und ich gespart und sie hat es in einem Testament unserem Sohn überschrieben."

Oh, wie schön! Helen war gerührt. Nicht mehr der Hauch eines Zweifels kam in ihr auf.

Schon am nächsten Tag traf eine E-Mail auf ihrem Computer mit folgendem Text ein.

DEAR CUSTOMER

GEN ROBERT P. CHANDLER WROTE TO US THAT HIS MONEY SHOULD BE CASHED OUT FROM HIS ACCOUNT AND BE DELIVERD TO YOU THROUGH A DIPLOMATIC DELIVERY AGENT WHO HE INTRODUCED TO US TO BE USED TO DELIVER THE BRIEFCASE TO YOU: THE NECESSARY DOCUMENT NEEDED WAS PROVIDED BE GEN ROBERT P. CHANDLER THROUGH EMAIL...................... YOU WILL BE CHARGED EURO 12.500.- TO PAY FOR GERMAN AIRPORT TAX CHARGES UPON ARRIVAL YOUR BRIEFCASE ....

„Na ja", dachte Helen, „das ist ja verständlich bei dieser Summe", und es ist ja auch nur die deutsche *Airport*

Tax Gebühr in Frankfurt, die sie bezahlen sollte. Gebühren mussten schließlich bezahlt werden. „Das werde ich selbstverständlich bezahlen, damit Robert diese gefährlichen Orte verlassen und seinen Sohn zu sich holen kann." Immer wieder kreisten ihre Gedanken um diese Kriegsschauplätze und eine große Furcht stieg in ihr auf. „Er schenkt ihr so viel Vertrauen und schickt mir sein Geld." Sie fuhr noch am selben Nachmittag zum Flughafen nach Frankfurt. Dem Zollbeamten zeigte sie ihren Pass und sagte:

„Mein Name ist Helen Lemberg, hier ist mein Ausweis, Ich möchte gerne die *airport tax* für das *briefcase* von General Chandler bezahlen!"

Der Beamte blätterte in den Unterlagen, suchte und schüttelte den Kopf. Helen zeigte ihm die Bankauskunft aus Brasilien, die *tracking number* und die Website *interglobalcargoshippers.com.*

Der Beamte suchte weiter, aber musste nochmals bedauern.

Dann blickte er auf und sah Helen direkt in die Augen *und sagte etwas, das sie beunruhigen musste!*

„Frau Lemberg, wenn das ein *diplomatic briefcase* sein soll, das ich hier aber nicht finden kann, dann müssen sie gar keine *airport tax* bezahlen."

Helen ging Richtung Autogarage und war verwirrt.

Wie konnte das möglich sein? Sie setzte sich in ihr Auto.

Sie öffnete erst einmal ihren Laptop und schaltete auf *Messenger*.

Der General war sofort über *Messenger* zu erreichen.

„Darling", schrieb er, „diesen Weg hättest du dir sparen können. Ich habe dich leider nicht mehr erreichen können, aber ich habe es mir doch anders überlegt. Ich habe doch keinen diplomatischen Fahrdienst beauftragt.

Ich habe mich in letzter Sekunde anders entschieden und werde dir das Geld in dein Haus bringen lassen. Wärst du an dein Smartphone gegangen, hätte ich dir das erklären können! *I am so sorry darling!* Du hast zu schnell gehandelt.

In ein paar Stunden wird jemand bei dir zu Hause läuten.

Das ist ein Spezialfahrdienst, der solche Aufträge weltweit erledigt. Schnell, fahre wieder nach Hause, vertraue mir. Die Leute haben Routine, die machen das täglich."

Helen fühlte sich immer noch verunsichert, war aber etwas beruhigter. Fehler konnten passieren.

Sie fuhr mit ihrem BMW, so schnell es ging, zurück und versuchte, die Geschwindigkeitsbegrenzung einzuhalten.

Sie war noch keine Stunde zu Hause, da meldete sich der General. „Helen, wie geht es dir, du machst das fantastisch!

Ich habe noch einmal mit der Agentur gesprochen.

Bitte, glaube mir, das sind ganz seriöse Jungs, die solche Transaktionen ständig machen. Die sind in Ordnung!

Diese *diplomatic briefcases* werden weltweit versendet.

Ich bin doch ein US-General und ich kenne die Leute."

Diese Aussage ließ allerdings ein wenig Misstrauen in Helen aufkommen: Sagt ein General der amerikanischen Armee so etwas?

„Der Mann dieser Agentur wird jetzt gleich bei dir läuten, es ist ein Deutscher und heißt Florian Schmidt."

„Natürlich vertraue ich dir, Robert, bin aber trotzdem aufgeregt, ich habe so etwas noch nie gemacht."

Sie wollte unter allen Umständen diesem Mann vertrauen, den sie so sehr liebte. Der General schrieb: „Ich weiß das doch, Darling, du darfst nicht vergessen: Ich vertraue dir mein Geld an. Was sind dagegen diese *Airport-Zollgebühren*?

Das Zollgeld darfst du dir übrigens dann gleich aus dem *briefcase* wieder an dich nehmen. Also, wie du siehst, ist die Sache mit keinem Risiko verbunden", chattete der General ihr auf Messenger.

Zu Hause ging Helen nervös in ihrem Wohnzimmer auf dem chinesischen Teppich auf und ab.

Sie hat alle Angestellten weggeschickt für diesen Tag, sogar den Gärtner.

Sie konnte es kaum ertragen und die Zeit verstrich bleiern langsam.

EVAS GUTE FREUNDIN IST EINE
FEMINISTIN

Eva griff trotzdem zum Telefon und wählte die Nummer ihrer Freundin, aber eigentlich könnte sie es auch sein lassen. Sie kannte bereits ihre Antwort.

Sie brauchte jetzt aber unbedingt jemanden, mit dem sie reden konnte. Ihre Freundin Annalena war eine jener Frauen, die jeden Blick eines Mannes auf ihren Ausschnitt als sexuelle Belästigung empfanden.

„Klar komme ich vorbei, ich lass dich doch in so einer Situation nicht im Stich, Eva!", säuselte sie in Evas Telefon.

„Annalena, bitte lass dir nur Zeit!" Sie bereute es bereits, sie angerufen zu haben. Aber genau eine halbe Stunde später klingelte es an ihrer Türe.

Eva öffnete, sie war überrascht. Die Freundinnen hatten sich schon längere Zeit nicht mehr gesehen.

Annalena trug einen beigen Regenmantel, der bis zu ihren Waden reichte. Sie war eine herbe Schönheit, die aber stark abgenommen hatte.

„Hallo, meine Liebe! Ich erkenne dich kaum wieder."

„Ja, ich habe eine Diät gemacht, Eva. Die war doch überfällig. Mein Gold auf den Hüften wurde mir zu schwer!" Sie gab Eva drei Küsschen auf die Wange, rechts, links und wieder rechts, das war die französische Art.

Annalena sah völlig verändert aus. Aus ihrem nunmehr schmalen Gesicht ragte eine, große gebogene Nase, die vorher nicht sonderlich auffiel. Diese Nase war zwar gewöhnungsbedürftig, weil man solche Nasen seit den „Schönheitskorrekturen" nicht mehr oft sah. Sie verlieh ihrem Gesicht aber etwas Strenges und gleichzeitig Kühnes. Eva gefiel ihr jetziges Aussehen.

„Wie wenig Hakennasen es heute noch gibt, fast gar keine mehr", sagte Eva.

Sie wusste, dass Annalena ihr das nicht nachtrug. Denn ihre Nase gab ihr Persönlichkeit und etwas Unverwechselbares.

„Ich wünschte, ich hätte auch so eine Nase und nicht diese langweilige Stupsnase", dachte Eva, wenn sie sich an die berühmte Sängerin Cher erinnerte, die eine so auffallend schöne und individuelle Hakennase hatte. Nach der Operation sah diese zwar hübscher, aber auch sehr viel langweiliger aus.

Annalena warf ihren Mantel achtlos über einen Stuhl, was der peniblen Eva gar nicht gefiel.

„Hast du dich wieder auf so einen Kerl eingelassen? Jetzt bist du schon so alt, du lernst es nie, Eva!", fing sie ohne Umschweife an und verzog ihr Gesicht.

„Muss ich dir schon wieder die Leviten lesen"?

Eva gefiel ihr Ton nicht.

Annalena ging unaufgefordert in die Küche und holte zwei Gläser und eine Wasserkaraffe, sie mochte keine Plastikflaschen. Sie trug ein lässiges cremefarbenes Männerjackett mit schwarzem Revers und eine Hose mit sehr weiten Beinen, im Schlabberlook à la Marlene Dietrich. Es war ein eleganter Anzug, der nicht einmal eine weibliche Figur erahnen ließ, ihr aber gut stand.

„Diese Frauen", sagte sie und verdrehte genervt die Augen, „lassen sich alle als Sexobjekt degradieren, absolut verwerflich, meine Liebe!

Ich meine, Eva, du kannst dich nicht mit solchen Frauen in eine Reihe stellen. Eva, ich bin enttäuscht, aber dafür bin ich ja jetzt da, dass ich dir helfe, wieder aus diesem Irrweg entkommen zu können. Alles wird gut, Liebste." Manchmal drückte sich Annalena etwas geschwollen aus. „Eine falsch verstandene Emanzipation", dachte Eva, „alle Männer über einen Kamm scheren. Ein tief verwurzelter Hass auf Männer, geboren nicht nur aus Neid auf Frauen, die schöner waren als sie selbst. Sie trägt scheinbar auch eine starke unbewusste lesbische Neigung in sich.
Ob sie sich dessen bewusst ist?", fragte Eva sich.

„Aber dieser Mann trifft hier keine Schuld, ihm wurden seine Fotos aus dem Internet gestohlen!", protestierte Eva.

„Ach, und du glaubst diesen Unsinn? Eva, du bist aber auch naiv!" Nur weil sie nicht so aussah, nicht mithalten konnte oder die Zeit ihres verführerischen

Aussehens bereits altersbedingt der Vergangenheit angehörte, sollte ihrer Meinung nach auch den schönen, anziehenden Frauen konsequent Einhalt geboten werden. Wenn nötig mit strengen Regeln. Moralbegriffe mussten herhalten für die Verwerflichkeit dieser Frauen, die den Männern nur als *billige Vorlage*n für ihre Sexfantasien dienten! Ihre Aversion gegen Männer war so stark ausgeprägt, dass Annalena diese *gleichgesinnten Frauen* suchte, um sich zu Tausenden auf Protestmärschen, vor allem in den USA, zusammenzufinden und ihren Hass auf Männer gemeinsam hinauszuschreien.

Da gab es kein Halten mehr, so protestierten sie und diesen Feministinnen gab es ein Gefühl der Zusammengehörigkeit.

So viele Frauen konnten sich nicht irren. Paradoxerweise gab es Femen, die sich hysterisch die Kleider vom Leibe rissen und ihre Brüste entblößten.

Der Mann wurde für minderwertig oder sogar für völlig überflüssig deklariert.

Eva reichte es, sie fühlte, dass diese angebliche gute Freundin sie nur noch weiter herunterziehen würde.

Merkwürdigerweise waren auch sehr viele Ehefrauen unter diesen Frauen zu finden, mit Kindern, die ihre eigenen Ehemänner von dieser Spezies des lüsternen Mannes freisprachen.

Deshalb durfte dieser Ehemann nur noch eine Existenz fristen, als *der Papa, der sich um die Familie und die Aufzucht der Kinder zu kümmern hatte*. Er wurde zu einem Neutrum in der Ehe degradiert.

Eva konnte in Gedanken ihre kreischenden Protestrufe hören. Sie hallten in ihren Ohren, dann hörte sie die scharfe Stimme Annalenas ganz real sagen:

„Eva, wie konntest du nur auf so einen Mann hereinfallen, nein, bitte verschone mich mit seinem Foto, ich will ihn gar nicht sehen. Es ist doch völlig gleichgültig, wie er aussieht!" Männer wurden in ihrem Gedankengut reduziert auf *Pussy- und Po-Grabscher*. „Die sollten besser alle mit der chemischen Keule ruhiggestellt werden", meinte Annalena verbittert. „Oder vielleicht sogar kastriert werden? Dann hättet ihr

ein für alle Mal das Problem aus der Welt geschafft",
antwortete Eva jetzt böse.

Annalena dachte eine Weile nach und fand Gefallen an
dieser Idee.

„Befruchten kann man ja auch künstlich, bevor man
kastriert!" Diese Satire nahm diese Frau sogar ernst.

Eva war solches feministische Gedankengut völlig
fremd. Sie hasste diese primitiven pauschalen
Verurteilungen und Verallgemeinerungen des
männlichen Geschlechts.

Trotz großer Enttäuschungen glaubte Eva immer noch
an die große wahre Liebe zwischen Mann und Frau. Die
Einstellung von Annalena war für sie nicht
nachvollziehbar. Eva wollte diesen Besuch jetzt
beenden.

„Leider erwarte ich noch meine Schwester,
Annalena!", log sie. Sie stand auf, um den Mantel vom
Garderobenhaken zu holen, den sie inzwischen wieder
ordentlich dort hingehängt hatte. Sie musste ihre
Ordnung so schnell wie möglich wiederherstellen.

Wenn die pedantische Ordnung in ihrer Wohnung gestört war, begann sie körperlich zu leiden.

„Oh schön, ein Burberry-Mantel!", sagte Eva bewundernd und half Annalena in ihren Regenmantel.

Während sie Annalena in den Mantel half, überlegte Eva laut.

„Allerdings gibt es da eine rote Linie!" Sie begleitete ihre Freundin zur Türe. „Du hast in einer Beziehung recht, Anna."

„Ich wusste, du würdest mir recht geben", rief Annalena triumphierend. Sie war immer einen Tick überspannt und hysterisch.

„Ja, du hast recht, wenn du diese alten Säcke meinst vom Aussehen her indiskutabel, die Sex und Liebe mit Geld erpressen wollen und sogar körperliche Gewalt anwenden! Wenn du die meinst …?"

„Ja, die meine ich, Eva!"

„Wenn diese Bastarde keinen Erfolg haben, versuchen sie, die Karriere des Objektes ihrer Begierde mit hässlichen, gemeinen Intrigen zu verhindern …"

Anna nickt: „Oh ja, genau, die meine ich, Eva, jetzt hast du mich verstanden!"

„Diesen Satz hast du aber jetzt mit Inbrunst gesagt, aber in diesen Fällen hast du natürlich recht, Annalena!"

Sie war trotzdem froh, dass ihre Freundin ging. Annalena konnte nicht aufhören, sich zu ereifern.

„Ja, diese triebgesteuerten Monster, die auch Frauen betäuben, nur um sie zu kriegen, Frauen, die sie normalerweise niemals erobern könnten, oder die Minderjährige vergewaltigen!", sagte sie und wurde jetzt ziemlich laut!

„Deshalb musst du das abscheuliche männliche Geschlecht vergessen. Die sind alle gleich, da gibt es keine Ausnahme! Eva! Versprich mir das!?"

Eva sagte laut,

„Ja, da hast du recht!", aber im Stillen dachte sie: „Dieser Frau ist nicht zu helfen."

Sie wollte nur ihre Ruhe haben und war froh, sie loszuwerden. „So etwas wie eine Casting-Couch muss für immer der Vergangenheit angehören", hörte sie

Annalena noch wütend aber im Treppenhaus rufen und ihre Stimme hallte laut.

„Wie peinlich", dachte Eva, „hoffentlich hört sie niemand."

Eva gab ihr ja recht, aber in Wirklichkeit wollte sie das Gespräch beenden, diese kämpferische, männerfeindliche Frau ermüdete sie.

Annalena verließ das Haus zufrieden nach diesem, wie sie meinte, so konstruktiven Gespräch und dachte, sie hätte Eva jetzt wiederaufgebaut und in die Spur gebracht. Sie nahm sich fest vor, sie würde so bald wie möglich wieder bei Eva vorbeischauen, um ihr endgültig das Interesse an Männern auszutreiben.

Eva war froh, wieder alleine zu sein. Diese Freundin bewirkte eher das Gegenteil: Ihre angeschlagene Seele war noch tiefer verletzt nach diesem Gespräch.

Sie bereute, dass sie Annalena eingeladen hatte, denn sie fühlte nicht den geringsten Trost oder Erleichterung nach diesem Gespräch. Wenig echtes Mitgefühl war da zu spüren vonseiten ihrer Freundin, „nur Rügen und Vorwürfe und Bitterkeit", dachte sie.

Sie fing jetzt einfach an, zu weinen, als sie alleine war und schimpfte mit sich selbst.

„Hör bloß auf zu heulen, dumme Kuh, das ist ganz schlecht für das Gesicht, das macht alt!"

EIN WICHTIGER GESCHÄFTLICHER BESUCH

Es klopfte an der geschnitzten Eichentüre des alten Barockhauses von Helen. Sie wusste, sie wurde nun mit einer Realität konfrontiert, mit der sie es noch nie vorher zu tun hatte. Das machte ihr Angst.

Ein schmächtiger junger Mann mit schütterem Haar stand vor ihr. Er hatte schmale Schultern und eine leicht nach vorne gebeugte Körperhaltung. Er trug eine schwarze Lederjacke.

„Kein starkes Selbstbewusstsein", dachte Helen trotz Lederjacke. Intuitiv erfasste sie, dass die Körpersprache dieses Mannes nichts Gutes verhieß. Spontan kamen ihr Begriffe in den Sinn wie Unberechenbarkeit und Hinterhältigkeit.

„Guten Tag, Frau Lemberg, mein Name ist Schmidt, ich soll Ihnen den K-k-k-offer bringen!"
Helen fiel auf, dass er stotterte.

„Guten Tag, Herr Schmidt, ja, ich habe Sie schon erwartet, kommen Sie doch herein. Wir gehen in die Küche." Das war keine gewöhnliche Küche, sondern eine Landhausküche, wie in früheren Jahrhunderten üblich. Sie musste genügend Platz bieten für die vielen Bediensteten, die damals in solchen Herrenhäusern ihren Dienst taten. In der Ecke stand ein Salzburger Herd aus ultramarinem Email mit Messingverzierungen, der auf einer großen silbernen mattschimmernden Blechplatte stand. Das Ofenrohr war ebenfalls aus hochpoliertem glänzendem Messing gefertigt.

Der Fußboden mit großen, breiten Eichenbrettern belegt, die es schon lange nicht mehr in dieser Breite gab. Das Holz war auf Hochglanz poliert.

Helen bot ihrem Gast einen Stuhl an, der an dem schweren, schlichten Holztisch stand.

Dieser Eichentisch war genau in der Mitte des großen Raumes platziert. Der Gast lehnte das Angebot, sich zu setzen, ab. Er legte den schwarzen Lederkoffer auf den Tisch.

„Wenn Sie mir jetzt die ... die Z-zollgebühren zeigen und *k-k-könnten.* Die S...umme vorzählen könnten w-wäre ich ihnen sehr v-v-verbunden."

Er öffnete schnell den Koffer mit einem Zahlenschloss. Helen hielt inzwischen das Geld mit den

12.500,00 Euro in einem Umschlag bereit. Sie konnte tatsächlich Hundert-Dollarscheine erkennen, die in dem Koffer lagen. Das gab ihr ein wenig Zuversicht.

„Hundert-Euroscheine wären mir aber lieber gewesen, Herr Schmidt, so war es ausgemacht!"

Da zog der Mann plötzlich eine Pistole aus seiner Jackentasche und stotterte:

„G-g-geben S-s-ssie m-mir s-sofort das Geld!"

„Welches Geld?", fragte Helen, sie tat, als ob sie nicht verstünde.

„H-hören Sie, ich m- m-mache keine Scherze, Sie m-m-mmachen jetzt genau, was ich sage! Zählen Sie m-mir jetzt das Geld ab u-und werfen Sie es d-da-dann in den Koffer, sonst m-mach ich ernst!"

Helen beeilte sich, schnell genau das zu tun, was er sagte, denn dieser unscheinbare Stotterer würde ernst machen. Das spürte sie. Sie warf das abgezählte Geld in den Koffer. Immer noch hielt er die Pistole auf sie gerichtet.

Noch nie hatte Helen in die Mündungsöffnung einer Pistole geblickt. Ihre Knie wurden weich. Jetzt wedelte der Mann sogar noch mit diesem Ding vor ihr herum und verschloss mit der anderen Hand den Lederkoffer.

Dann sagt er drohend: „Sie w-werden sich jetzt hier hinsetzen, bis ich weg bin, o-o-o-oder muss ich Sie fesseln?

„Setzen Sie sich g-ge-gefälligst *hin*!", schrie er sie an und ging zu Türe, „und g-geben Sie mir noch ihr Mobile!" Wieder befolgte Helen genau seine Anweisungen. Sie war froh, dass sie sich setzen konnte. Sie wusste, dass ihr nichts geschah, solange sie die Befehle dieses Kriminellen genau befolgte.

Wenn sie es nicht täte, hätte sie keine Chance, dieses Ereignis zu überleben. Das spürte sie instinktiv.

Plötzlich sah sie es glasklar vor Augen: *diesen General,* den gab es gar nicht. Diese Erkenntnis traf sie wie ein Hammerschlag. Sie war nicht in der Lage, sich *zu* bewegen. Dieser Mann, der angeblich Schmidt hieß, verließ einfach ihr Haus mit ihrem Geld und stieg in einen schwarzen BMW, allerdings auf den Beifahrersitz. Das alles konnte Helen aus dem Küchenfenster sehen. Sie hatte jetzt den Mut, aus dem Fenster zu schauen, aber irgendwie war sie nicht mehr in der Lage, das alles zu begreifen. Sie konnte einen anderen Mann erkennen, der am Steuer saß. Er gab Gas, sodass sich die Reifen durchdrehten. In wenigen Sekunden war der ganze Spuk vorbei. Helen wandte sich langsam vom Fenster ab, irgendwie hatte sie das Gefühl für Zeit verloren und war wie betäubt.

„So ist es also, wenn man reingelegt wird", dachte sie völlig emotionslos. „So fühlt sich das an, wenn man im Internet betrogen wird."

Sie war nicht fähig, irgendwelche negativen Gefühle zu entwickeln oder überhaupt irgendwelche Gefühle. Sie stand unter Schock.

Lange konnte sie sich nicht rühren, sie musste einfach abwarten, bis es ihr wieder besserging.

Sie überlegte, ob sie die Polizei einschalten sollte, verwarf aber den Gedanken schnell wieder.

Sie wollte nicht, dass ein Polizeiauto vor ihrem Haus stand und sich das in dem kleinen Ort blitzschnell herumsprach.

Sie kannte die Häme dieser bigotten, kleinen Dorfgemeinde, bestehend in der überwiegenden Zahl aus Frührentnern – die nicht mehr arbeiten wollten oder konnten, sich aber dabei zu Tode langweilten.

So waren jeder Klatsch und Tratsch eine willkommene Ablenkung für die Dorfbewohner. Diese Geschichte würde ihnen für kurze Zeit eine aufregende Ablenkung bescheren.

EVAS TODESSEHNSUCHT

Manchmal lauerte die Schwermut wie ein lautloses Tier hinter ihrem Rücken, ohne anzugreifen. Sie spürte einfach nur dessen Anwesenheit.

Dann war sie wie gelähmt, unfähig, morgens aufzustehen und ihren Tag zu leben.

Oft hatte sie darüber nachgedacht, wie sie dieses imaginäre Tier abschütteln könnte, aber es gelang ihr nicht. Bis sie erkannte, dass dieses unsichtbare Wesen ein Teil von ihr selbst geworden war.

Sie hatte auch schon die verschiedenen Varianten tausendmal gedanklich durchgespielt. Bis sie einsah, dass sich dieses Raubtier nicht mehr abschütteln ließ. Sie sah ein, dass sie diesem unsichtbaren Begleiter nichts mehr entgegenzusetzen hatte. Also wollte sie es annehmen, wie einen geliebten Feind.

Sie wollte sterben, wie das 10.000 Menschen jedes Jahr in Deutschland tun. Was waren dagegen

3.000 Menschen in der Unfallstatistik, die mit dem Auto jährlich verunglückten? Das hatte sie einmal gegoogelt. Sie verstand diese Menschen nur allzu gut, war aber dennoch überrascht, dass es so viele sind. Die Angst vor diesem unberechenbaren Wesen war größer als die Angst vor dem Tod.

Dieser Entschluss, zu dem sie sich nach langer Zeit sehr langsam durchgerungen hatte, machte sie ruhig und fast zufrieden.

Es war keine Koketterie, wie das bei so vielen Lebensmüden der sehnlichste Wunsch war, nämlich gerettet zu werden – von einem gnädigen, mitfühlenden Menschen ins Leben zurückgeholt zu werden und für immer umsorgt zu werden. Einer, der genauso einsam war wie dieser potenzielle Selbstmörder, um gemeinsam der Einsamkeit entfliehen zu können.

Ihr Wunsch war echt. Sie war erleichtert, endlich eine Lösung gefunden zu haben.

Diese Sehnsucht, die sich oft in ihren Träumen widerspiegelte. Immer öfter erschien ihr der Tod wie eine schöne, weiß gekleidete Frau.

Eine engelsgleiche Freundin, die am Ende eines langen Ganges auf sie wartete, ihr entgegenlächelte und die Arme ausbreitete.

„Komm in meine Arme", lockte sie, „lege dein Haupt an meine Schulter, finde Trost und Ruhe und all dein Kummer wird zu Ende sein."

Diese Frau war wie ein Engel gekleidet oder wie sie sich einen Engel vorstellte, wie eine gute Fee.

Niemand sollte jemals etwas von ihren Qualen erfahren, die sie schon als Kind erleben musste.

Dieses schreckliche Geheimnis zwischen einer narzisstischen Mutter und ihrem abhängigen Kind. Diese *Erinnerungen* drängten sich immer wieder in ihr Bewusstsein. Sie war erst vier Jahre alt und sie war erfüllt von einer Sehnsucht.

Dieser Sehnsuchtsort hieß *Klein Nizza Teich* in einem öffentlichen Park. Sie wollte die Goldfische sehen, die aus der Tiefe des dunkelgrünen Teichs auftauchten wie leuchtende, orangene Edelsteine und wieder in der Tiefe des dunklen Wassers verschwanden

Das faszinierte das kleine Mädchen.

Aber auch die bunt gefiederten Enten, deren Hälse türkis schillerten und die so lustig quakende Geräusche von sich gaben, entzückten das Kind.

„Du hast doch so einen schönen großen Garten, das reicht doch! Was willst du denn dort, wo so viel *Volk* herumläuft." Eva verstand nicht, was ihre Mutter damit meinte. Die Mutter konnte ihr Kind nicht begreifen.

„Wir haben auch einen Teich im Garten und unser Gärtner hat eine Menge Arbeit mit ihm", sagte die Mutter missmutig. „Du bist wirklich undankbar!"

Sie würde dieses Kind nie verstehen.

Sie stand, wie so oft, wieder sehnsüchtig an der hohen Mauer, die aus Sandstein und Basaltsteinen gebaut war und den viertausend Quadratmeter großen Park umschloss wie eine Festung.

Die Ecke war abgerundet und zwei in Stein gehauene, stolze Löwen standen auf ihren Hinterbeinen und hielten ein Wappen mit den Tatzen, auf dem in Stein gemeißelt zu lesen war: *Königlich Bayerischer Hoflieferant*

Unten auf der Straße lief eine Horde Kinder vorbei. Es waren wilde und glückliche Kinder. Sie blickten zu dem Mädchen hinauf und riefen ihr zu:

„Komm doch mit uns mit!", lockten sie. So fröhlich und frech wirkten sie auf die kleine Eva. So verlockend klang ihr Angebot „Wo geht ihr denn hin?", fragte die Vierjährige neugierig.

„Zum Klein Nizza Teich", antworteten sie und liefen lachend weiter.

Sie dachte: „Die laufen dorthin, wo ich auch so gerne hinmöchte."

„Wartet auf mich!"

Schnell lief sie über den großen Hof zu dem hohen schmiedeeisernen Tor und schlüpfte hinaus.

Niemand sah sie. Die großen Kinder aber waren verschwunden. Als sie durch den, öffentlichen Park lief, konnte sie die Kinder nicht mehr finden.

„Ich weiß ja den Weg", tröstete sich das Mädchen.

Der Teich, der mit Blumenbeeten umsäumt war, wirkte liebevoll und gepflegt. Blumen in allen Farben und Sorten, die wie kleine Soldaten in Reih und Glied standen, leuchteten in intensiven und bunten Farben und die Luft war erfüllt von ihrem Duft.

Es waren nur wenige Parkbesucher da, an diesem Werktagmorgen. Sie kletterte über das eiserne Geländer, um näher bei den Enten und den Goldfischen zu sein. Dabei rutschte sie auf dem glitschigen, betonierten Rand aus und fiel ins Wasser.

Als sie im Wasser lag und immer tiefer in den Teich hineinzurutschen drohte, konnten sie nur noch die Ziersteine ergreifen, die am Rande der schrägen Böschung im Gras lagen. Der Erste, an den sie sich klammerte, rutschte ins Wasser, der Zweite auch! Am Dritten zog sie sich heraus, in diesem Moment war ihr nicht bewusst, was das für ein Wunder war.

Auf dem Heimweg weinte sie bitterlich, sodass ein fremder Mann sie ansprach:

„Du bist ja total durchnässt, Kleine, lauf schnell nach Hause!"

„Würdest du bitte mit mir kommen?"

„Aber warum denn?"

„Weil ich Angst habe!"

„Vor wem denn?

„Vor meiner Mutter!"

„Deine Mutter wird sehr froh sein, dass du noch am Leben bist, Kleine! Lauf schnell, sonst erkältest du dich noch!" Aber genau, als sie den Rat des freundlichen fremden Mannes befolgte, geschah das, was sie befürchtet hatte.

Sie wurde grob in das dunkle Badezimmer gezerrt, das sie so gut kannte und vor dem sie so schreckliche Angst hatte. Der Schlüssel drehte sich mit lautem Geräusch im Schloss um.

Kindliche Todesangst überfiel sie. Sie schrie so laut, dass ihr die Luft wegblieb und sie zu ersticken drohte.

Die Strafe folgte in genau einer halben Stunde, die ihr wie eine Ewigkeit erschien.

Mit Absicht wartete die Mutter, bevor sie als übermächtige dunkle Gestalt das Badezimmer betrat.

Eine drohende Silhouette mit einem Stock in der rechten
Hand aus massivem Holz.

Eva versuchte, diese bedrückende Erinnerung zu
verdrängen!

Wenn man aus großer Höhe herabstürzte,
würde man während des Sturzes das Bewusstsein
verlieren? Oder würde man alles genau erleben, wenn
man kopfüber fiele oder herumgewirbelt würde?

Würde man plötzlich langsamer fliegen, sodass man
über vieles noch nachdenken könnte, würde
beispielsweise das ganze Leben noch einmal an einem
vorüberziehen?

Würde man den Aufprall spüren?

Es schauderte Eva bei dem Gedanken, von ihr würde
ein zertrümmerter Klumpen Mensch übrig bleiben, vor
welchem die Sanitäter sich grausen müssten.

Ganz sanft wollte Eva einschlafen, mithilfe von
Tabletten. Nicht mit solchen, von welchen einem übel
würde, sonst könnte es ja möglich sein, dass sie wieder
aufwachte, in welchem Zustand auch immer.

Nein, sie wusste in der Zwischenzeit genau, wie man es machen musste.

Es müssen Psychopharmaka sein, die bewirkten, dass man tief einschlief, die aber nicht tödlich waren.

In einer Badewanne mit warmem Wasser wollte sie liegen und schön anzusehen sein, auch nach ihrem Tod.

Sie wusste, dass sie noch einen schönen, weiblichen, runden Körper hatte.

Dann würde sie das Bewusstsein verlieren und durch das entspannende Mittel der Psychopharmaka Tabletten mit dem Kopf unter die Wasseroberfläche rutschen.

Ganz einfach! So stellte sich Eva das vor und so würde sie es machen.

HELENS RACHE

Helen sann auf Rache. Sie war übel reingelegt worden. Sie war tief gekränkt. Sie hatte eine Menge Geld verloren und ahnte, sie würde es nicht mehr zurückkriegen. Nicht mithilfe der Polizei!

Auch das FBI interessierte sich nicht sonderlich für Betrügereien dieser Art.

Helen wollte nicht stärker die Polizei involvieren, als sie merkte, dass kein Interesse an Aufklärung bestand und sogar eine starke Voreingenommenheit herrschte.

Da gab es noch diese Scham auf ihrer Seite und eine Art von Verachtung auf der anderen Seite.

„Außerdem sind die Fotos, die im Internet gestohlen wurden, nicht zu schützen", erklärte ihr die FBI-Agentin am Telefon.

„Diejenigen, die sie stehlen, sind nicht zu fassen, weil sie unauffindbar sind!", sagte sie. „Auch agierten die Betrügerbanden ausschließlich aus dem Ausland.

Also lassen Sie das lieber und seien Sie froh, dass Sie nicht einen größeren finanziellen Schaden erlitten haben", riet ihr die FBI-Beamtin am Telefon, „und bemühen Sie sich bitte erst gar nicht hierher", fügte sie hinzu. Da diese Betrügereien keinen allzu großen Schaden verursachten, außer dass ein paar frustrierte, ältere Frauen ihr Erspartes verloren.

Da keine schrecklichen Morde oder Entführungen geschahen oder große Geldsummen entwendet wurden, war dieses kriminelle Thema der Polizei nicht wichtig genug.

Natürlich folgte immer der obligatorische gut gemeinte Rat: „… *und Frau Lemberg, mein ganz persönlicher Rat, seien Sie das nächste Mal vorsichtiger*!"

 Diese Tatsache und die persönlichen Kränkungen ärgerten Helen zusätzlich.

Gebrochene Herzen zählen nicht in der Kriminalstatistik. Sie werden eher belächelt oder verhöhnt und sind am Polizeistammtisch die Lachnummer.

Helen hatte inzwischen selbstständig recherchiert und auch einen berechtigten Verdacht.

Sie wusste jetzt, dass sie einer Betrügerbande, die aus Afrika heraus agierte, zum Opfer gefallen war.

Der Mann, der sie reingelegt hatte, meldete sich immer wieder bei ihr und besaß die Dreistigkeit, sich sogar in ihre Startseite zu hacken.

Immer noch hatte *der angebliche General* die Frechheit, sich bei ihr zu melden. Sie hatte ihn längst entlarvt, aber das schien ihn nicht sehr zu stören.

Auch nicht, als sie den Mann direkt darauf anschrieb, diesen Mann, der den General so überzeugend spielte!

Mit ziemlicher Sicherheit hatte er auch die Fotos aus dem Internet gestohlen. Er ersparte es ihr nicht, ihr – außer ihrem finanziellen Verlust – auch noch einige hämische Chats zu schicken!

Yes, my dear Helen, I hope you think differently of me. You have to trust me. I am still in love with you …

Merkwürdigerweise meldete er sich immer wieder auf ihrer Startseite und bewies damit einerseits, dass er ein geschickter Hacker war, und andererseits, dass er eine

Gefühllosigkeit an den Tag legte, die ein Gefühl der Demütigung bei Helen auslöste.

You are mistaking things, not everything you are told on the Internet is real, Darling. I am doing all this, because of money!

Damit wollte er ihr zeigen, dass er sich sehr sicher fühlte und keine Angst vor drohender Aufklärung irgendwelcher Art hatte.

Es zeigte aber auch, dass er in Bezug auf sie immer noch neugierig war und sich an ihrem Kummer zu ergötzen schien.

DIE EX-SOLDATIN CHARLY B.

Helen war richtig wütend und sie ärgerte sich über die Frechheit dieses *Afrikaners.* Bei ihren Recherchen gab sie so schnell nicht auf.

Da schien unerwartete Hilfe zu kommen.

Eine US-Soldatin, meldete sich auf ihren *friendship request.* Sie schickte ihr auf Messenger ein Foto.

Helen war überrascht, wie gut sie aussah, sie hatte ein apartes Gesicht, zwar herb, aber dennoch sehr schön und sehr weiblich.

Helen dachte wieder an die Warnung Ihres Sohnes, aber sie nahm die Freundschaftsanfrage schließlich an.

Ihr *Friendsbook* teilte ihr mit:

Ihr seid jetzt auf Messenger verbunden!

Die Soldatin meldete sich sogleich bei Helen und war sehr mitteilsam.

„Hey Helen, ich bin Charly, ich weiß, das ist ein Männername, aber meine Mutter hat mich immer so gerufen, weil sie sich eigentlich einen Sohn gewünscht hatte.

Ich habe dich unter der *love scammer* Seite im Internet gefunden.

Helen, da hast du dich, als Geschädigte, gemeldet. Das tut mit aufrichtig leid. Glaube mir, du wirst dein Geld nicht mehr zurückbekommen! Mach dir keine Hoffnung. Leider!

Die geben dir nur dumme Ratschläge, wie du beim nächsten Mal besser aufpassen sollst, sonst nichts!"

Helen überlegte, ob sie diese Frau ernst nehmen konnte.

„Ich lebe in New York", schrieb Charlie. „Ich war mal eine Soldatin, habe aber alles hingeschmissen. Ich wollte dir mitteilen, dass ich dieser afrikanischen Betrügerbande den Kampf angesagt habe. Ich habe ganz Ähnliches wie du erlebt!"

Helen war überrascht!

„Wenn du willst, kann ich dir bei deiner Suche behilflich sein. Du tust mir nämlich leid, du suchst doch sicher das

Schwein? Sorry ich kann es nicht anders ausdrücken, der dich reingelegt hat, ist eben ein Schwein.

Wir Frauen müssen zusammenhalten, das dürfen wir uns nicht gefallen lassen, Helen."

„Ja, Charly, danke für dein Angebot, aber ich weiß nicht so recht …"

„Das sind die Fotos von dem General. Das wird dich bestimmt interessieren! Der ist es doch, der auf deinem FB-Account erschienen ist? Kannst du mir das bestätigen, Helen?"

Helen erschrak heftig: Ja, das war der General Chandler, der auf ihrem Display erschienen war. Woher konnte die Soldatin das wissen?

„Ich kenne auf jeden Fall den General, dessen Bild ständig im Internet geklaut wird und überall unter falschem Namen benutzt wird!

Aber das ist jetzt der *Echte*!

Dieser General hat das Pech, dass er so gut aussieht und deshalb wird er immer wieder als Lockvogel benutzt.

Ich habe herausgefunden, dass sein Bild unter mindesten fünfzehn verschiedenen Identitäten benutzt wurde. Ja, das überrascht dich! Das hättest du nicht gedacht unter fünfzehn verschiedenen Namen, wie findest du das? Die Frauen fliegen auf ihn."

Charly, jetzt weiß ich gar nicht, was ich dir schreiben soll, das ist ja schrecklich!"

„Er ist genau der Typ, mit dem die Verbrecher den meisten Erfolg haben, aber es ist ja nicht seine Schuld! Ein *Womanizer* eben!

Ich weiß nicht einmal, ob er das selbst weiß, aber ich denke schon. Er ist übrigens französisch-hugenottischer Abstammung."

Helen horchte auf, genau wie ihr geschiedener Mann, diese Männer üben eine starke Anziehungskraft auf Frauen aus. Helen hatte genug Erfahrungen mit charmanten Franzosen gesammelt.

Aber jetzt wurde es interessant für sie.

„Tatsächlich, du kennst ihn?"

„Ja, ich habe ein Jahr unter ihm gedient!"

„Das ist ja spannend! Weißt du, wie er heißt?",
antwortete Helen.

„Klar, er heißt General *Francis! Paul Calvin Francis. Ja
ein calvinistischer Protestant."*

Charly schrieb ihr weiter: „Als Frau möchte ich dir
mitteilen, Helen, wir müssen uns wehren.

Was meinst du, wie viele Frauen von dieser
skrupellosen, afrikanischen Bande schon reingelegt
wurden? Von den finanziellen Verlusten ganz
abgesehen und die Dunkelziffer ist hoch.

Da gibt es eine hohe Schwelle der Scham.

Ich denke da sogar an einige Selbstmorde."

Diese Zeilen der amerikanischen Soldatin stimmten
Helen sehr nachdenklich.

„Das sind so miese Kerle, aber ich habe diesen *Afro-
Amerikanern*, die mit den Afrikanern unter einer Decke
stecken, den Kampf angesagt und da könnte
wahrscheinlich dieser fucking guy dabei sein, der dich
reingelegt hat.

Er wohnt in North Carolina.

Ich kann dir nur sagen", schrieb die Ex-Soldatin weiter, „dass es sehr schwer ist, an diese *Love Scammer*, die in Ghana und Nigeria beheimatet sind, ranzukommen. Sie arbeiten verdeckt mit Amerikanern zusammen, weil das bessere Englisch sprechen." Die beiden Frauen chatteten immer eifriger miteinander.

„Helen, glaube mir, ich bin ganz bei dir!"

Jetzt reifte der Wunsch in Helen heran, auf eigene Faust Nachforschungen zu betreiben. Sie wollte den Kerl kriegen, der sich noch immer so frech auf ihrem Profil einhackte.

Aber tief in ihrem Inneren, ohne dass sie es sich selbst eingestand, war Helen immer noch in den General verliebt und die Ex-Soldatin kannte angeblich den Echten.

Da machte Charly ihr ein unglaubliches Angebot, das sie zuerst nicht glauben konnte.

„Helen, willst du über meinen Vorschlag nachdenken? Bald wird der General auf einer großen Veranstaltung in allen Ehren verabschiedet und da ich ja mal unter ihm gedient habe, könnte ich uns eine Einladung besorgen.

Hast du Lust zu kommen?"

Das durfte die Soldatin sie nicht zweimal fragen.

Helen antwortete augenblicklich und ohne einen Augenblick zu zögern schrieb sie auf *Messenger* zurück!

„Ja, Charly gerne, danke! Morgen besorge ich mir ein Ticket nach New York." Und sie konnte ihre Aufregung kaum verbergen. In ihrer Firma versuchte sie, sich nichts anmerken zu lassen.

Sie beantragte ihre Urlaubstage, von denen sie noch reichlich zu bekommen hatte.

EIN FLUG IN DIE USA

Die Maschine rollte auf die Startbahn, es dämmerte schon und die vielen bunten blinkenden Lichter des Flughafens gaben der Szene ein aufregendes Flair.

Helen bereitete sich jetzt ganz auf den Flug der Lufthansa-Maschine vor und mental auf die Reise in die USA. So ein Abenteuer hatte sie ja bis jetzt noch nie zuvor erlebt. Sie wusste, dass sich die bekannte American Airline gerade im Streik befand. Deshalb war ihre Lufthansa 727 total überfüllt.

Sie spürte die Blicke der beiden amerikanischen Nonnen, die neben ihr Platz genommen hatten. Sie erwiderte die freundlichen Blicke der Nonnen.

Helen lächelte zurück und wunderte sich, dass diese amerikanischen Nonnen *First Class* fliegen durften. Vielleicht hatten sie gerade den Papst im Vatikan in Rom besucht und den persönlichen Segen von ihm erhalten.

War das ein Omen, dass ausgerechnet zwei Nonnen neben ihr Platz genommen hatten?

Ein bisschen (aber-)gläubig war sie schon. Aber letztendlich war es ihr gleichgültig.

Sie dachte immer nur an die Verabschiedungszeremonie des US-Generals. Sie hatte ja wirklich Glück, dass sie zu dieser streng abgeschirmten Veranstaltung Einlass bekommen konnte mithilfe einer Ex-US-Soldatin.

„Manchmal hat Friendsbook auch sein Gutes", dachte sie und spürte ein Glücksgefühl durch ihren Körper strömen.

Sie standen schon einige Zeit auf der Startbahn und mussten aber noch warten. Sie dachte: „Das war wieder einer jener merkwürdigen Zufälle, diese amerikanische Soldatin kennengelernt zu haben.

Man denkt, so was gibt es nur in Romanen.

Aber die Wirklichkeit eilt oftmals ein Stück voraus und überholte mit Leichtigkeit eine fiktive Geschichte.

Das ist die Ironie des Lebens. Als ob sich im Hintergrund irgendwo ein Regisseur befände, der das ganze Leben inszenierte. Wir sind alle nur kleine Marionetten an den Fäden des imaginären Geschichtenschreibers.

Deshalb schlägt das Leben manchmal unerwartete seltsame Kapriolen." Aber sie glaubte ja ohnehin an Karma.

Die Turbinen heulten auf und die Maschine gab Vollgas.

Den Start einer Boeing hatte sie schon so oft erlebt und es gab ihr einerseits ein unbehagliches Gefühl, aber andererseits auch einen euphorischen Kick, der ihren ganzen Körper erfasste. Dieser schwere Vogel erhob sich so leicht in diese steile Aufwärtsbewegung. Dabei wurde sie jedes Mal tief in den Sitz gedrückt.

Aber diesmal war alles anders.

Das Flugzeug erhob sich schwerfälliger als sonst, schien Probleme zu haben, sich vom Boden zu lösen.

Sie merkte, dass die anderen Fluggäste auch beunruhigt waren. Dann begannen die Wände plötzlich, unangenehm zu vibrieren, und nun wusste sie, dass etwas nicht stimmte. Da schoss ein Adrenalinstoß durch ihren Körper und löste Angstgefühle aus und nahm von ihrem Körper Besitz.

Ihr Herz fing an, schnell und dumpf zu schlagen, kalter Schweiß trat auf ihre Stirn, gleichzeitig wurden ihre Hände kalt und feucht. Sie spürte, wie das Flugzeug begann, untertourig zu fliegen, ähnlich wie bei einem Auto, das in einen zu niedrigeren Gang geschaltet war. Es konnte sich nur mühsam aufwärtsbewegen.

Sie versuchte, sich ganz still zu verhalten, wie das Tiere tun, die sich in unmittelbarer Todesgefahr befanden.

Alle Passagiere verstummten. Niemand bewegte sich.

Nach einem leisen Klicken ertönte ein „Gong".

Der Lufthansa-Kapitän meldete sich über den Lautsprecher. Ohne die Gäste zu begrüßen, ohne seinen Namen zu nennen, sprach er leise und hastig. Er sagte nur diese beunruhigenden Worte:

„Meine Damen und Herren, wir haben einen Maschinenschaden, wir müssen sofort wieder landen."

Das wiederholte er auf Englisch. Dann schaltete er ab, ohne eine weitere Erklärung abzugeben, warum die Maschine umkehren müsse. Die unnatürliche Stille hielt an, die Angst war spürbar. Die Anwesenden versuchten, diese Angst zu überspielen, indem sie sich ganz ruhig verhielten. Helen fühlte plötzlich eine Leere in ihrem Kopf, sie war ganz benommen.

„Warum ich?", lamentierte sie mit sich selbst. „Warum muss mir das passieren?" Selbstmitleid ergriff sie.

So etwas liest man doch nur über andere Leute in der Zeitung.

War das ihr Todesurteil oder nur ein schlechter Witz?

„Aber wahrscheinlich werden wir jetzt ganz schnell wieder in Frankfurt landen und dann wird alles gut", versuchte sie, sich zu trösten.

Die Nonnen sahen sie an und ihre Blicke wirkten ermutigend. Sie schienen so voller *Gottvertrauen zu sein*. „Hoffnung ist eine elementare Überlebensstrategie der Natur, die übermächtige Kräfte verleihen kann und bekannterweise zuletzt stirbt", ging es ihr durch den Kopf. „Abgedroschen, aber sehr real", resümierte sie.

Aber die Energie war sehr schnell aufgebraucht und löste stattdessen wieder nur dumpfes Herzklopfen aus.

Die große Maschine flog in sehr engen Kurven und nicht besonders hoch über einen Wald, scheinbar in der Nähe von Frankfurt. Eine Stewardess zu fragen, erübrigte sich, denn keine ließ sich blicken.

„Ich verstehe das nicht, es ist so heiß. Kann nicht mal jemand die Aircondition einschalten, wo ist denn das Flugpersonal?", jammerte eine Frau hinter ihr.

„Die sind verschwunden", sagte jemand neben ihr und seine Stimme klang resigniert.

Helen fiel auf, dass die Aircondition und das Licht nicht mehr eingeschaltet waren, aber sie war zu ängstlich, um sich zu beschweren.

Ein Passagier neben ihr riss sich die Krawatte herunter, Schweißperlen standen auf seiner Stirn. Die Situation begann, unerträglich zu werden. Niemand bekam etwas zu trinken. Da öffnete sich plötzlich die Cockpittüre und der Kapitän erschien. Hoffnung keimte auf und alle Blicke richteten sich erwartungsvoll auf sein Gesicht. Der Kapitän jedoch mied die Blicke der Passagiere.

In Höhe von Helens Sitz blieb er stehen und blickte aus dem kleinen ovalen Fenster.

Helen folgte dem besorgten Blick des Kapitäns, was gab es denn da zu sehen? Sie saß direkt neben den Flügeln.

Jetzt erblickte sie den breiten Strahl, der unter dem Flügel hervorsprühte, wie ein Wasserfall. „Das sieht ja aus wie Wasser", dachte sie, „aber es ist kein Wasser, der Flugwind zerstäubt diese Substanz augenblicklich."

Ein eiskaltes Gefühl fuhr ihr durch den Körper.

Das war *Kerosin!* Jetzt wusste sie, es war sehr ernst.

Helen verstand jetzt auch, warum alles abgeschaltet war. Ein einziger Funke würde genügen, um die Maschine in Millionen kleine Stücke zu zerreißen.

„Wissen Sie, was das bedeutet?", flüsterte der Fluggast gegenüber dem Gang und tupfte sich mit einem Taschentuch Schweiß von seiner Stirn.

„Ich weiß es nicht", flüsterte Helen unsicher zurück.

„Das bedeutet, dass gerade 90 Tonnen Kerosin abgelassen werden müssen, ehe das Flugzeug landen kann, sonst ist es nämlich zu schwer. O. K.", fuhr er fort, „wenn der Kapitän ein guter Pilot ist, dann kann er auch mit 40 Tonnen Treibstoff landen und muss nicht den ganzen Tank leeren."

„Warum spricht er eigentlich so leise?", dachte sie.

Ihr fiel auf, dass der Mann ein weißes Stofftaschentuch benutzte und einen schwarzen Stehkragen mit einem weißen Viereck vorne trug.

Er war wahrscheinlich ein *Reverend,* da er Amerikaner war. „Ist das Ironie?", dachte Helen, „ich bin umgeben von zwei Nonnen und einem Pater.

Eigentlich kann mir nichts passieren, wenn es in *Jenseits* gehen sollte. Die nehmen mich gleich mit *in die richtige Richtung",* hoffe ich.

„Darf ich fragen, woher Sie das wissen als *Reverend*?", fragte Helen doch etwas neugierig.

„Ja", sagte er schmunzelnd, „bevor ich das Zölibat ablegte, wollt ich mal Steward werden!"

Der Kirchenmann lächelte etwas unsicher und wischte sich erneut den Schweiß von der Stirn.

Dieser fromme Mann trug noch viel Weltliches in sich, er hing am Leben und hatte Angst. „Das finde ich sympathisch", dachte Helen.

Der Kapitän kehrte wieder in sein Cockpit zurück.

Helen und einige andere der Passagiere versuchten noch, ihn etwas zu fragen, aber ihr Stimmen schienen so leise zu sein und der Versuch so halbherzig.

Der Kapitän reagierte auch nicht auf ihre Fragen, ging einfach weiter, schüttelte nur schwach den Kopf und verschwand.

Das Verhalten des Kapitäns erschien ihr unerklärlich und verstärkte auch noch ihre Angst. Es sollte doch seine Aufgabe sein, die Passagiere aufzuklären und zu beruhigen.

Es konnte nur bedeuten, dass er selbst zu sehr damit beschäftigt war, das Flugzeug heil wieder zu landen.

Eigentlich wäre jetzt der Zeitpunkt gekommen, sich lautstark über die Crew zu beschweren, aber nichts geschah.

Sie und alle anderen Passagiere blieben ganz still sitzen und Helen spürte instinktiv: Wenn jetzt etwas Unvorhergesehenes passieren würde, dann würde große Panik ausbrechen. Sie sah sich nervös um, die Menschen waren beängstigend still. Der Mann mit dem Stofftaschentuch schien jetzt zu schlafen oder tat er nur so? Einige Passagiere mussten sich übergeben, weil die große Boeing in immer engeren Kurven über den Wald flog. Die Nonnen fragten Helen wieder besorgt, ob sie Angst hätte.

Sie nickte.

„Oh, my dear, that's not necessary believe us! Everything will be alright," sprachen sie mit emphatischer Stimme und sie hatten tatsächlich einen beruhigenden Einfluss auf ihre Stimmung.

„Ja, die schöpfen ihre Kraft aus Gott", dachte Helen, „beneidenswert!" Aber jetzt war sie froh, dass sie neben ihnen saß. Helen blickte auf ihre Armbanduhr.

Drei Stunden waren schon vergangen und noch immer strömte Kerosin unter den riesigen Flügeln hervor und löste sich auf in Form eines feinen Nebels.

Immer noch ließ sich kein Flugpersonal blicken.

Für Helen verging die Zeit so unendlich langsam und es schien ihr, als säße sie schon eine halbe Ewigkeit in dieser verdammten Maschine

„Gut ausgebildetes Personal für den Mayday-Notfall", sagte Helen zu ihrem Nachbarn auf der rechten Seite, der jetzt wieder wach war, jedoch weit weniger fatalistisch wirkte als die heroischen Nonnen zu ihrer Linken. Der Pater nickte besorgt und sie sah nicht nur ein wenig Angst in seinen Augen flackern.

Es beruhigte sie seltsamerweise, sie hatte aber keine Kraft für irgendwelche Emotionen. „Ein Mann Gottes, der am Leben hängt", dachte sie ohne Schadenfreude. Manchmal fiel sie in einen erschöpften, unruhigen Schlaf. Als sie erwachte, nahm sie sofort wahr, dass die Maschine niedriger flog.

Die Häuser wurden größer, also waren sie wieder in der Nähe des Flugplatzes. „Jetzt landen wir", dachte Helen erleichtert.

Aber als sie noch tiefer sanken, fingen die Wände wieder an, stark zu vibrieren, um dann in ein richtig heftiges, Rütteln überzugehen. Die Maschine musste abermals durchstarten, um wieder an Höhe zu gewinnen.

Immer noch waren alle Crewmitglieder verschwunden.

Der Versuch, zu landen, geschah ganze drei Mal hintereinander. Ohne Erfolg! „Aller guten Dinge sind drei", fuhr es durch ihren den Kopf. Bloß jetzt nicht abergläubisch sein.

Helen konnte nicht glauben, was sie gerade erlebte, und ihre Hoffnung, doch noch lebend zu landen, schwand.

Jetzt dachte sie ernsthaft über einen Absturz nach.

In ihren Gedanken sah sie schon die Schlagzeilen in der Zeitung, die mit reißerischen Texten über den Absturz in der Nähe von Frankfurt berichteten und von jedem Fluggast ein kleines Foto mit Namen und Altersangabe zeigten. Auch von ihr.

Es begann ihr zu grauen und Verzweiflung stieg in ihr auf. Was würde ihr Sohn sagen? Er brauchte sie doch noch mit seinen 22 Jahren!

Der Pilot setze jetzt ein viertes Mal zur Landung an. Die Häuser wurden wieder größer. Die Boeing sank tiefer und tiefer, aber mit einer beängstigenden Geschwindigkeit. Die Wände rüttelten und gaben unheimliche Geräusche von sich.

Die Maschine sank so schnell in die Tiefe, dass sie das Gefühl hatte, abzustürzen. Sie klammerte sich an den Arm der neben ihr sitzenden Nonne.

Dann schlug das Flugzeug plötzlich mit einem ohrenbetäubenden Schlag auf der Landebahn auf, um gleich wieder in die Luft katapultiert zu werden.

Nach Sekunden oder Minuten folgte ein zweiter Aufschlag. Helen verlor jegliches Zeitgefühl. Dauerte dieses Ereignis nun Sekunden oder Minuten? „Oh Gott, das hält das Fahrgestell nicht aus", dachte sie und presste ihr Gesicht in das Nonnengewand.

Ein Geräusch von knirschenden, dumpfen Schlägen, Reifenquietschen, Ächzen, Rumpeln und zwischendurch Stille, als die Maschine noch ein drittes Mal die Luft geschleudert wurde. Sie hatte das Gefühl, als wäre dieses schwere Flugzeug ein Gummiball.

„Jetzt wird es sich verdrehen und auseinanderbrechen", dachte sie und klammerte sich an die Nonne. Niemals zuvor in ihrem Leben verspürte sie eine solche Angst. Niemand schrie. Alle schienen erstarrt im Schreck.

Aber das war der letzte Aufschlag gewesen.

Die Reifen behielten jetzt Bodenhaftung und die enorme Bremskraft setzte ein.

Helen blickte auf, sie hatten es geschafft!

Tränen der Erleichterung schossen ihr in die Augen.

Schnell setzte sie ihre Sonnenbrille auf.

„Afraid?", fragte die Nonne und lächelte sie an. „Believe me, you must not be afraid, you must only trust. There is no reason at all, my dear!"

Und Helen war erleichtert, in dieser Situation diesen unerschütterlichen Glauben der Nonnen zu spüren.

Vielleicht hätte sie sich zu einem anderen Zeitpunkt über die katholischen Schwestern ein wenig lustig gemacht, aber nun wurde es ihr klar, dass es für jeden Menschen eine Grenze des Erträglichen gibt und dann fängt er an zu beten. Um sein Überleben inbrünstig zu beten. „Die Macht der Gedanken", dachte sie, „so wird man gläubig."

Nun kam die gesamte Crew aus ihrem Versteck.

Eine Stewardess sagte freundlich durchs Mikrofon:

„Meine Damen und Herren, für dieses Ungemach wollen wir, die Crew und die deutsche Lufthansa, uns bei Ihnen entschuldigen. Sie werden selbstverständlich Kaffee und Kuchen auf Kosten der Fluglinie Lufthansa erhalten und in drei Stunden bekommen Sie ein neues Flugzeug von Lufthansa gestellt und eine neue Crew."
Sie sprach mit zuckersüßer Stimme. Dann übersetzte sie alles in englische Sprache.

„Bitte entschuldigen Sie diesen Zwischenfall, Lufthansa entschuldigt sich noch einmal ausdrücklich bei Ihnen, meine Damen und Herren", wiederholte sie ins Mikrofon.

„Es hat jedoch zu keinem Zeitpunkt Lebensgefahr bestanden, wenn Sie das etwas beruhigt. Und bleiben Sie bitte angeschnallt, bis das Flugzeug steht."

„Wie oft sagt sie noch ‚Lufthansa'", dachte Helen wütend. In der Maschine befanden sich wegen des Streiks der amerikanischen Fluglinie fast ausschließlich Amerikaner.

„Ohne mich, ich werde nicht mehr in die nächste Maschine steigen", sagte Helen zu dem Reverend und der nickte verständnisvoll. Er schaute Helen kurz an und sagte dann:

„Dennoch muss man sagen, dass wir unser Überleben sicherlich dem Können des guten Lufthansa-Piloten zu verdanken haben!"

Helen überlegte, ob er recht hatte, aber sie war zu aufgewühlt, um lange darüber nachzudenken

„Und was war bitte der Grund für diesen Zwischenfall?", fragte sie die Flugbegleiterin.

„Diese Auskunft werden sie von einem Lufthansa-Angestellten im Airport erfahren", antwortete diese ausweichend und ging schnell weiter. Helens Durst wurde unerträglich, aber immer noch bekam niemand etwas zu trinken.

Auf der Fahrt mit dem Bus zum Terminal-Gebäude befand sich Helen noch immer in einem unwirklichen Zustand. Immer wieder füllten sich ihre Augen mit Tränen. „Das sind die Nerven", dachte sie und wischte sich mit zittrigen Fingern unter der Sonnenbrille die Augen ab.

Auch bei Kaffee und Kuchen wurde niemand aufgeklärt, erst als sie zur Auskunft ging, sagte man ihr, dass leider beim Start eine Turbine ausgefallen sei, aber nie Lebensgefahr bestanden hätte, keine Sekunde seien die Passagiere in Gefahr gewesen. Es verbreitete sich eine euphorische Stimmung unter den Gästen, als sie bei Kaffee und Kuchen auf die nächste Maschine warteten. Einer macht einen Witz und alle brachen in ein lautes Gelächter aus.

Die Frau in blauer Uniform und mit dem Lufthansa-Emblem auf der Kostümjacke hinter dem Schalter lächelte freundlich.

„Sie müssen wissen", fuhr sie beruhigend fort, „weil eine solche Boeing dafür ausgelegt ist, auch mit drei Turbinen starten und landen zu können!"

„Aha, ja", dachte Helen, diese Auskunft reichte ihr.

Sie machte sich auf den Weg in Richtung Parkhaus, um ihr Auto zu holen. Ihr Gepäck war ihr egal, das konnte sie morgen abholen.

EIN ZWEITER VERSUCH

Da klingelte ihr Mobile. Es war die Ex-Soldatin, die wissen wollte, wann sie in N.Y. ankäme?

„Nie", schrie Helen ins Telefon.

„Aber, Darling, was ist denn los, so etwas darfst du nicht sagen, wir müssen doch zur *Retirement Ceremony des Generals!*

Da wirst du deinen General persönlich kennenlernen. Darling, steig einfach in die nächste Maschine. Ich habe doch extra einen Platz für dich reserviert. Das Ticket verfällt doch sonst. Wenn du jetzt nicht fliegst, wirst du nie mehr fliegen.

Du musst kommen, *my dear* Helen!"

Helen wurde zögerlich. Sie wollte doch so gerne den General einmal von der Nähe *live* sehen.

Sie blieb unschlüssig stehen und überlegte noch einen Augenblick, dann drehte sie sich jedoch um und ging wieder zum Gate zurück.

Die Passagiere begrüßten sie mit Applaus, alle waren nach diesem Erlebnis ausgelassen und in bester Laune „Hurra wir leben noch", stand jedem Einzelnen auf der Stirn geschrieben. Sie unterhielten sich zu laut und lachten zu laut, als ob sie sich alle schon eine Ewigkeit kannten.

„Keiner hat gekniffen. Alle fliegen mit" sagte ein Mann mittleren Alters zu ihr, „wir sind froh, mein Name ist übrigens Vincent, dass du auch wieder mitkommst."

Diesmal war der Flug sehr erholsam, obwohl dem jungen Steward, der Helen bediente, ein kleines Missgeschick passierte.

Das neue Flugzeug erhob sich wie eine Feder und der Flug war so angenehm, wie man ihn sich nur wünschte.

Alle Passagiere sangen amerikanische Lieder, bei denen Helen leider nicht mitsingen konnte, aber es hob ihre gute Laune.

„Entschuldigen Sie bitte!", stammelte der junge Steward, der ein jungenhaftes Gesicht hatte und jetzt rot wurde.

Er hatte Helen gerade ein Glas Weißwein über ihr Kleid geschüttet.

Auf diesem Flug durfte er zum ersten Mal einen Langstreckenflug fliegen und in der First Class bedienen. Er versuchte hastig, das Kleid von Helen mit einem Geschirrtuch abzuwischen, verschlimmerte aber nur die Situation.

Er war sich sicher, dass die Frau sich über ihn beschweren würde, so elegant und teuer, wie sie gekleidet war

Wahrscheinlich würde er wieder Bodendienst machen müssen nach diesem Vorfall im Flughafengebäude.

Wie konnte ihm das nur passieren.

Diese elegante Dame hatte ihn einfach so abgelenkt in ihrem eleganten Outfit und mit ihrem betörenden Parfüm. Sie hatte die langen Beine übergeschlagen und er war über den Fuß eines Fluggastes gestolpert, der hinter ihr saß. Da war es passiert.

Helen hatte sich extra einen Sitz im Mittelgang genommen, um nicht am Fenster sitzen zu müssen, denn sie flog nicht gerne und jetzt noch weniger.

Sicherlich würde sie jetzt in den Verdacht geraten, Alkoholikerin zu sein, so stark roch ihr Kleid nach Wein.

Trotzdem konnte sie dem Steward nicht böse sein.

Sie spürte seine Angst und Nervosität und sie würde sich auf keinen Fall über ihn beschweren.

Er tat ihr leid. Dann roch sie eben nach Alkohol, na und, es war ihr auch egal. Sie war so aufgeregt wegen des Grundes ihres Fluges, zwar weil sie den Kriminellen finden wollte, aber vorrangig wegen des Generals Francis.

Der Flug nach N. Y. sollte sechs Stunden dauern, die Zeit verging schnell. Jetzt würden zwar noch sechs Stunden Verspätung hinzukommen – das waren insgesamt neun Stunden –, aber das machte ihr nichts aus. Sie war froh, dass sie sich überwunden hatte, doch noch einmal zu fliegen.

Sie waren schon fast am Ziel, da machte der Lufthansa-Kapitän die Passagiere darauf aufmerksam, sich anzuschnallen, da über N. Y. ein starkes Unwetter wütete.

„Bleiben Sie bitte angeschnallt, bis die Maschine steht."

Über New York war es bereits dunkel, aber grelle Blitze erhellten die Nacht und waren ungleich beängstigender, als wenn es heller Tag wäre. Helen hatte schon Bedenken, dass die Maschine nicht auf dem John F. Kennedy-Flughafen landen könnte.

Das Flugzeug wurde massiv durchgerüttelt und fiel immer wieder in Luftlöcher.

Dieses Fallen machte sich unangenehm in ihrem Magen bemerkbar. Ihre Ungeduld nahm zu, da die Maschine längere Zeit in einer Warteschleife fliegen musste.

„Kein Wunder", dachte sie.

Aus beiden ovalen Fenstern sah sie gleich mehrere Gewitter am Nachthimmel wüten. Aber das machte Helen nichts mehr aus im Vergleich zu dem, was sie vorher erlebt hatte.

Was würde ihr diese Reise bringen, fragte sie sich aufgeregt, denn auf so ein Abenteuer hatte sie sich noch niemals eingelassen.

ANKUNFT IN NEW YORK

„Please, Mister, to the Knickerbocker Hotel" Der Taxifahrer nickte und fuhr so schnell los, als ob der Teufel hinter ihm her wäre. Helen wurde in den Rücksitz gedrückt. Sie fühlte sich schwach und ihre Arme und Beine gehorchten ihr kaum mehr und sie begann wieder zu zweifeln, ob dieser Flug in die USA eine gute Idee gewesen war. „Wohin bitte?"

„Ins Knickerbocker Hotel, Manhattan, but *slowly, please*", stöhnte sie. Verstand dieser Taxifahrer ihr Englisch nicht? Ihr Bedarf an Angst war gedeckt. Aber der Taxifahrer schien sie gar nicht zu hören oder tat so, als verstünde er nicht, was sie sagte. Sie hatte das Gefühl, als spräche er kein Wort Englisch. Als sie endlich ankamen, war es weit nach Mitternacht und es hatte aufgehört zu regnen. Das Hotel war direkt am Times Square. Als sie ausstieg, blickt sie an der Fassade des riesigen Hotels hoch und konnte nur „WOW!"

sagen. Dieser alte Kasten gefiel ihr. Er war im Stil der Gründerzeit gebaut. Die dicken Mauern bestanden aus beigen und roten Sandsteinen.

Ihre Lebensgeister kehrten zurück.

„Ja", sagte plötzlich der Taxifahrer im besten Englisch. „Da haben Sie recht, ein tolles Gebäude. Wussten Sie, dass dieses Hotel John Jacob Astor gebaut hat im Jahre 1906? Das war der, der mit der Titanic unterging. Das Hotel ist geschichtsträchtig und jetzt ist es ein 5-Sterne-Hotel."

In der Stimme des Fahrers klang so etwas wie Stolz auf sein New York durch. Er hatte ja auch Grund dazu, New York ist eine faszinierende Stadt, die nie zur Ruhe kommt. Vierundzwanzig Stunden aufregend und exzessiv. Dieses Hotel stellt so manches moderne Hotel in den Schatten. Sie wusste, dass die Ex-Soldatin das Hotel für sie gebucht und damit genau ins Schwarze getroffen hatte.

Nachdem sie gezahlt hatte, half ihr der Taxifahrer noch, das Gepäck in die Hotellobby zu bringen. Diese war kürzlich im Stil der Gründerzeit renoviert und geschmackvoll wiederhergerichtet worden. „Diese Stadt ist so aufregend", dachte Helen, als sie ihr Formular ausfüllte, „aber ob ich immer hier wohnen wollte?" Allerdings wusste sie eines: So schnell wie möglich wollte sie in ihr Hotelzimmer kommen, dort ein Bad nehmen und ins Bett gehen. Besonders der Rücken schmerzte nach dem langen Sitzen. Die nervliche Anspannung verursachte zudem noch unangenehmen Kopfschmerz und signalisierte ihr, dass sie ihre physische Grenze erreicht hatte. Zweifel aber wollte sie gar nicht mehr aufkommen lassen. Die Suite war gediegen und geschmackvoll in Dunkelbraun und Beige gehalten. Allerdings ließen sich keine Fenster öffnen. Es gab nur Aircondition. Da klingelte das Telefon.

„Oh, Helen, honey, ich bin ja so froh, dass du da bist und es dir doch anders überlegt hast. Und ich verspreche dir, du wirst es nicht bereuen", säuselte die Ex-Soldatin in den Hörer.

„Aber bevor du schlafen gehst, mach noch schnell mal dein TV an, da kannst du unseren General sehen!"

„Was?", Helen war völlig überrascht.

„Es ist die Anhörung wegen der Schwulen und Lesben. Hochinteressant kann ich dir sagen Es ist zwar eine Wiederholung, die schon einige Monate zurückliegt, aber die wird jetzt noch mal ausgestrahlt, wegen der morgigen Verabschiedungsfeier."

„Was für Schwule und Lesben? Was meinst du?"

„Das musst du dir anschauen."

Deshalb wird doch unser General morgen verabschiedet. Hast du das nicht gewusst, Helen, aber macht nichts. Also bis morgen, Helen Darling."

Helen war richtig müde, es war eigentlich schon fast eine Erschöpfung, dachte sie.

Sie drehte den Wasserhahn im Bad auf und ließ sich ein Bad ein und dann ließ sie sich auf die große Couch in ihrer Suite vor den Fernseher fallen.

Sie starrte auf die schwarze Fläche des nicht eingeschalteten Großbildfernsehers. Eigentlich wollte sie ihn nicht mehr anmachen, doch die Neugierde war zu groß. Was hatte die Soldatin da erzählt?

Auf CNN kam etwas über den Vier-Sterne-General Paul Francis. Oh ja, das war jetzt der Echte, er sah aber genauso aus wie der Falsche, in den sie sich so verliebt hatte. Sie wurde fast verlegen und bekam Herzklopfen, als sie ihn sah.

Da war er in Großaufnahme, sehr blass und sehr ernst in seiner olivfarbenen US-Uniform mit vier silbernen Sternen auf den Schultern. Die Uniformjacke, die ihm so gut stand, unterstrich seine schlanke, jedoch breitschultrige Figur.

„My upbringing is such, that I believe that there are certain types of conduct, that are immoral!"

Was sagt er da? „Mein Englisch muss auch wieder besser werden", dachte sie aufgeregt. „Wenn ich das richtig verstanden habe, dann heißt das:

Meine Erziehung ist eine solche, dass ich glaube, dass das unmoralisch ist. Aber was?"

War das eine Gerichtsverhandlung?

Nein, das war ein Verhör. Aber was sollte das bedeuten?

DAS VERHÖR DES GENERALS

Helen konnte sich im Moment keinen Reim auf alles machen. Was lief da gerade ab?

Ein Mann um die siebzig Jahre alt, saß auf einem erhöhten Podest und blickte durchdringend auf den General herab und redete auf ihn ein.

Er hatte ein unangenehmes, glänzendes, rotes Gesicht einen Stiernacken und weiße, kurze Haare im Militärschnitt geschnitten. Er hatte einen Straßenanzug an und wirkte verärgert. Neben ihm saßen in ebenso bedrohlicher Haltung mehrere andere Männer. Alle in Zivil.

Im Hintergrund standen unbewegliche Militärposten mit dem weißen MP-Militärpolizei-Abzeichen Die Arme auf dem Rücken verschränkt, die auffallenden weißen Gürtel und weißen Helme. Alles erinnerte sie ein wenig an die Verhöre in den Fünfzigerjahren, als Charly Chaplin, Gary Cooper und andere Prominente der damaligen Zeit, unter Generalverdacht gerieten, etwas mit Kommunismus zu tun zu haben. Helen hatte die schwarz-weißen Berichte interessiert im TV verfolgt.

Aber Helen beunruhigte jetzt der Lärm im Hintergrund. Sie konnte laute wütende Schreie hören. Vor allem weibliches, durchdringendes Kreischen fiel ihr unangenehm auf. Diese hemmungslose, weibliche Hysterie, die immer mehr um sich griff. Dazwischen hörte man lautes Klopfen mit einem Holzhammer und ein Mann schrie ziemlich laut, um das Geschrei der aufgeregten Frauen zu übertönen. Es misslang.

„Ruhe bitte, sonst lasse ich sofort den Saal räumen!" Dabei hämmerte er mit aller Kraft auf ein Blech, damit die Schläge besser zu hören waren.

„Ich werde alle Besucher sofort des Saales verweisen lassen, sollte der Lärm nicht sofort aufhören!", schrie er.

„Das ist keine Gerichtsverhandlung", dachte Helen aufgeregt und rannte ins Bad, um den Wasserhahn der Badewanne abzudrehen.

Die Übersetzung von der deutschen in die englische Sprache fiel ihr schwer. Längere Zeit hat sie nicht mehr Englisch gesprochen und die Männer redeten auch alle sehr schnell und durcheinander. „Das hört sich ja an wie eine moderne Inquisition", dachte sie.

Helen nahm sich vor, jetzt genauer hinzuhören.

Der Mann auf dem Podest saß scheinbar absichtlich etwas höher, um auf den *Angeklagten,* der verhört wurde, herabzublicken. Das war niemand anderes als General Francis. Der Ankläger beabsichtigte, einschüchternd zu wirken. Er wirkte wie ein mittelalterlicher Vollzugsbeamter, hatte einen großen Schädel mit einem starken Doppelkinn und sagte mit ziemlich scharfer Stimme:

„Mit Verlaub, General Francis, Sie sind ein integrer Mann und haben sich seit Jahrzehnten um unser Land verdient gemacht. Aber Ihre Argumente sind haarsträubend!" Dabei machte er eine eingeübte Pause. Seine wässrigen, hellen Augen, die er jetzt zu schmalen Schlitzen zusammengekniffen hatte, verliehen ihm etwas bedrohlich Krötenhaftes.

Erneut begann wildes Geschrei. Einen Moment lang wurde die Aufmerksamkeit des Klägers abgelenkt.

Das obligatorische Hammerklopfen folgte.

„Diese braven Soldaten und Soldatinnen setzen ihr junges Leben ein, um unserem Lande in vorbildlicher Weise zu dienen, und müssen dabei oft ihr Leben aufs Spiel setzen und unglücklicherweise auch manchmal verlieren."

Er ließ seine Worte eine Weile wirken, was zur Folge hatte, dass sich der Lärmpegel im Publikum wieder erhöhte. Dann fuhr er mit eindringlicher Stimme fort:

„... und dabei spielt es nicht die geringste Rolle, General Francis, ob diese Männer und Frauen, gay, heterosexuell, bisexuell oder lesbisch sind, verstehen Sie mich, General? Habe ich mich klar ausgedrückt?

Das sind einfach alles sehr tapfere Soldaten, die ihr Leben für unser Land opfern würden, wenn es sein müsste!" Diese letzten Worte schrie er mit unangenehmer Schärfe auf den Angeklagten hinunter. Dabei war er sich wohl bewusst, welche Wirkung sie auf das aufgebrachte Publikum hatten. Der General nickte.

„Oh, mein Gott, der Arme, wie diszipliniert er wirkt und wie gefasst und so ernst", dachte Helen.

Was war da nur los? Der Ankläger mit dem schlohweißen Haar beugte sich nach vorne und stützte sich mit seinen Unterarmen auf das Pult auf. Der General antwortete, aber man konnte ihn kaum verstehen. Erst, als es leiser wurde, konnte er sich Gehör verschaffen.

Er ließ sich nicht dazu verleiten, in gleicher ungehöriger und beleidigender Art laut zu antworten, wie es der Vorsitzende und das Publikum, meist Frauen, taten.

Er sprach klar und deutlich und langsam.

Ein General war trainiert darauf, diszipliniert zu antworten.

„Ich respektiere diejenigen, die unserer Nation dienen wollen, aber das ist nicht das …" Wieder tumultartiger Lärm … Hammerklopfen in immer schnellerer Folge!

„Ich respektiere diejenigen, die unserer Nation dienen wollen", wiederholt der General.

„Aber es entspricht nicht dem Gesetz unseres Landes und dem unseres Militärs, dass Homosexualität innerhalb der Armee ausgelebt werden darf."

„Meiner Meinung nach, und das ist meine persönliche Meinung, bin ich zutiefst davon überzeugt, dass sich Homosexualität sowie Ehebruch zwischen verheirateten Soldaten destabilisierend auf die gesamte Armee auswirken." Wütendes Protestgeschrei ertönte und schwoll wieder an.

Der Vorsitzende schrie zornig:

„Ruhe bitte, sonst lasse ich augenblicklich den Saal räumen!"

„Was!", schrie der Ankläger jetzt laut von seinem erhöhten Pult herunter.

„Tausende von homosexuellen Männern und lesbischen Frauen, die jetzt in unserer Armee Dienst tun, und diejenigen, welche in den Dienst eintreten wollen, werden von ihnen diffamiert und schwer beleidigt, General, es ist unfassbar!", wiederholte der Mann, der sich als Richter und Wortführer aufspielte.

Sein Gesicht verzerrte sich.

Seine Wut schien sich zu steigern.

Der General Francis antwortete eindringlich, ohne aber dabei lauter zu werden.

„So wie ich aufgewachsen bin, bin ich der festen Überzeugung, dass Sexualität, die nicht zwischen Mann und Frau stattfindet, unmoralisch ist!"

Das Wort „unmoralisch" sagte er unerwarteter Weise plötzlich sehr laut.

Nun gab es kein Halten mehr, ein Lärm erhob sich, der sich nicht mehr beruhigen ließ.

Als es unter schwierigsten Umständen endlich wieder ruhiger wurde, fuhr er fort, ohne eingeschüchtert zu wirken.

„Das ist das, was ich gelernt habe, und das ist das, woran ich glaube und was ich aus tiefstem Herzen befürworte.

Homosexualität ist entgegengesetzt zu dem GESETZ GOTTES. Allerdings befürworte und unterstreiche ich", fuhr er in einem beschwichtigten Ton fort, „die Vorschrift des Pentagon, die besagt:

Don't ask and don't tell! Was so viel heißen soll, Herr Vorsitzender, halte deine Veranlagung geheim und du darfst in der Armee weiterdienen."

Jetzt brachen endgültig alle Dämme.

Der Mann mit dem Hammer ließ den Saal räumen.

Helen schaltete den Fernseher aus.

Als sie das Licht ausgeschaltet hatte, starrte sie eine Zeit lang in die Dunkelheit. Sie war sehr aufgewühlt.

Aber die Müdigkeit nach dem anstrengenden Tag war stärker.

DIE FEIERLICHE VERABSCHIEDUNG DES
GENERALS PAUL C. FRANCIS

Getragen von einer feierlichen Zeremonie mit den Soldaten der *US finest Army*, des *Marine Corps*, der Navy, der *Airforce,* der *Navy Pilots* und *Cost Guards* und der *US Force Honor Guard* fand eine außergewöhnliche und beeindruckende Abschiedszeremonie für den Vier-Sterne-General statt.

Er war Mitglied der *Joint Chiefs of Staff* und *Platoon leader* und

Träger von weiteren 17 Medaillen, unter anderem hatte er auch die höchste Auszeichnung, die *Presidental medal of honor.*

Sie wurden vom Präsidenten der Vereinigten Staaten höchstpersönlich überreicht. Alle Soldaten zeigten sich in ihren schönen und farblich unterschiedlichen Ausgehuniformen.

Eine Militärkapelle spielte berühmte, amerikanische Märsche. Die leuchtend roten Uniformenjacken der Musiker, die mit Goldkordeln verziert waren, unterstrichen diese höchste Feierlichkeit. Die Knöpfe auf den roten Jacken glänzten in der Sonne in intensivem Gold. Sie harmonierten mit den schneeweißen Hosen der Musiker.

Die Musikinstrumente, die Trommeln und Posaunen und Tuba aus glänzendem, hochpoliertem Messing waren weithin zu hören. Ein großer, stattlicher Tamburinmann mit brauner Bärenfellmütze, der den Wachen am britischen Empire glich, schritt allen voran und schwang gekonnt sein Instrument. Alle anderen schritten in lang eintrainiertem perfektem Gleichschritt.

Das gesamte US Corps, das angetreten war, um den Vier-Sterne-General Paul C. Francis ehrenvoll zu verabschieden, machte großen Eindruck auf das Publikum. Der Himmel schien auch Gefallen an dieser Vorführung zu finden, denn er strahlte im intensivsten

Blau mit weißen Schlieren durchzogen, die eine Helligkeit verursachten, dass die Augen schmerzten.

Die leuchtend grüne Wiese war so gepflegt und dicht, dass sie fast den Anschein erweckte, als sei es Kunstrasen. Die Feierlichkeiten begannen mit dem Exerzieren im Gleichschritt der gesamten Truppen, alle mit nach rechtsgerichtetem Blick auf das hohe Militär und Politiker. Alle Vorgesetzten und hochrangigen Soldaten standen auf erhöhten Podesten.

Der General, der ein Marine war und einer der härtesten Ausbildungen genossen hatte, ließ die Armee an sich vorbeimarschieren. Das gesamte Marine Corps machte den Anfang.

Die Uniformierten salutierten stramm zurück und standen absolut bewegungslos, solange die Zeremonie andauerte.

Die Uniformen der Marines waren mit Abstand die schönsten, mit ihren dunkelblauen Jacken mit den weißen Gürteln und den dreieckigen roten Abzeichen auf den Ärmeln. Die weißen Hosen harmonierten mit den weißen Militärmützen, die tief in die Stirn gezogen waren und schwarz lackierte Schilder aufwiesen. Die asketischen Gesichter der Männer der Marine hatten eine fast schon erotische Ausstrahlung. Der General nahm die Huldigung des Heeres mit bewegungslosem, aber dennoch tief gerührtem Gesichtsausdruck entgegen. Ein kühler Wind wehte plötzlich. Die in intensiven Farben leuchtenden Landesfahnen bewegten sich schwerfällig hin und her. Die größte aller Fahnen war die Stars und Stripes der US-Landesfahne. Für alle war es eine hoch emotionale und bewegende Vorführung.

Der *Secretary of Defense* räusperte sich kurz und begann seine Rede, dabei bog er das Mikrofon zurecht, damit er besser hineinsprechen konnte.

Seine Stimme war weithin zu hören.

„*Meine sehr verehrten Militärmitglieder, Familienangehörige, Gäste und Freunde!*"

Er machte eine längere Pause. „*It is a great honor to stand before you …*

... wir sind hier zusammengekommen, um einen ganz außergewöhnlichen und erwähnenswerten, Mann mit allen militärischen Ehren zu verabschieden!

Ich spreche von dem Vier-Sterne-General Paul Calvin Francis, der über 40 Jahre dem amerikanischen Volk in vorbildlicher Weise gedient hat. Als Chairman of Joint Chiefs of Staff hat er sich in beispielloser Weise verdient gemacht.

Seine tiefe Liebe zu seiner Nation verdient allerhöchstes Lob und Ehre ...

Helen hatte sich inzwischen unter die stehenden Gäste gemischt und versuchte, sich unauffällig immer weiter nach vorne zu drängen.

„Seine Karriere begann 1975 im Institut für Verteidigung, wo er sein Offiziersanwärterdiplom erhielt“, fuhr der Verteidigungsminister fort und erzählte detailliert über den vierzigjährigen Dienst des Generals.

„Sogar der amerikanische Präsident wird etwas später noch dazukommen und sich mit einer Rede anschließen. Ist das nicht wundervoll?“, sagte eine Frau mit einem etwas ausgefallenen Hut neben ihr gerührt und tupfte sich mit einem Taschentuch die Augen.

„Ist das nicht aufregend?"

Helen trug auch einen Hut, es war ein klassischer Panamahut aus weißem Stroh mit einem schwarzen Ripsband. Hüte standen ihr besonders gut, das wusste sie auch. Helen konnte nur mit dem Kopf nicken, so beeindruckt war sie auch selbst.

„Der Präsident der Vereinigten Staaten höchstpersönlich", wiederholte sie.

Das war ein außergewöhnliches Ereignis in ihrem Leben. Der Verteidigungsminister fuhr fort, durch das Mikrophon zu sprechen. Helen wusste, dass der General nichts mit den unheilvollen *scam hatern* zu tun hatte. Die skrupellose Gang arbeitete von Ghana aus Eine kriminelle Bande, die die Internetbeziehung mit ihm nur vortäuschten. Jetzt hatte sie das Glück, ihn doch noch in Wirklichkeit sehen zu können!

Der Vier-Sterne-General sah gut aus in seiner Uniform, noch viel besser als auf den Fotos und Videoclips.

Aber ihr entging auch nicht die Traurigkeit in seinen Augen, denn sie wusste, dass er die Armee nicht freiwillig verließ und er ging auch nicht freiwillig in den Ruhestand. Er stand immer noch bewegungslos da, die rechte Hand an der Mütze, einem Standbild gleich.

Seine blonde schöne Frau, etwa in seinem Alter, versuchte, ihm bei diesen Feierlichkeiten aufrecht und diszipliniert Rückhalt zu geben. Nur sie konnte wissen, wie es um ihren Mann stand, der über vierzig Jahre Service und Kriegsdienst in Vietnam, im Irak, in Afghanistan, Syrien und Südkorea geleistet hatte.

Gerade flogen in ziemlich niedriger Höhe sieben *Black Lions* Düsenjäger über die feierliche Gesellschaft und zogen Kondensstreifen in verschiedenen Farben hinter sich her. Ihnen folgten schwerfällig vier Black Hawk Militärhubschrauber.

Helen dachte noch einmal über die Fernsehsendung letzte Nacht im Hotel nach. Dieser Bericht wurde jetzt nur wegen der Verabschiedungsfeier wiederholt.

Der General war trotzdem nicht bereit, sich zu entschuldigen für seine Aussagen bezüglich des allgemeinen Sittenverfalls, der zunehmenden Unmoral und der beängstigenden Zunahme von Drogen in der Armee. Er lehnte Homosexualität und Ehebruch in der Armee ab, weil dies nur zu einer weiteren Destabilisierung führen könnte. Er war nicht bereit, zu akzeptieren, dass in den Kasernen sexuelle Belästigungen durch gay Soldaten stattfanden, inklusive zwangsläufig folgender Eifersuchtsszenen und daraus resultierender Unruhen.

Seine Forderungen waren sehr umstritten, trotzdem wurde er aus seinem hohen Amt vorzeitig entlassen, wenn auch mit allen, Ehren.

„Hi, schöne Frau!", sagte plötzlich eine sehr weibliche, dunkle Stimme neben Helen und riss sie aus ihren Gedanken. „Schön, dass du gekommen bist, Darling! Ich bin ja beeindruckt, wie gut du aussiehst, Helen, und was für ein wundervolles Seidenkleid du anhast!

Ich dachte nicht, dass du so groß bist, fast so groß wie ich!" Jetzt sah Helen die Ex-Soldatin zum ersten Mal in

Wirklichkeit und fand, dass sie eine sehr elegante und sympathische Erscheinung war.

„Wunderschön, dieses hellblau gedruckte Schlangenprintmuster", schmeichelte sie Helen.

„Sehr geschmackvoll und dieser Hut dazu!"

„Ja", antwortete Helen stolz, „ein echter Panamahut in weiblicher Ausfertigung mit einer großen ovalen Krempe! Habe ich in London gekauft."

Dann blickte die Soldatin nach vorne zu dem General!

„Jetzt schau dir diesen schönen Mann an."

Helen war irritiert, wie sprach diese ehemalige Soldatin über den General. Es klang sehr ironisch!

Sie hatte diese Frau auf einer *scamming site* im Internet kennengelernt, weil sie angeblich selbst auch von dieser unleidlichen *romantic scam* Geschichte betroffen war.

Aber da hatte sie doch ganz anders über den General gesprochen. Voller Mitgefühl klangen ihre Worte damals.

Aber Charly wiederholte die Worte und es klang diesmal sehr herablassend.

„Schau ihn dir an, diesen eitlen, smarten General! Jetzt ist er nicht mehr so großspurig!"

Irritiert blickte Helen zur Seite und schaute sich die Frau, die neben ihr stand, jetzt genauer an.

„Eine attraktive, elegante Frau", dachte sie, „zweifellos, groß und sehr apart, mit einer perfekten Figur." Die Haare waren aschblond und sie trug sie sehr lang. Seidig glänzend fielen sie auf ihre Schultern, „schon fast zu perfekt", dachte Helen. Könnte auch eine Perücke sein. Ein enges, dunkelblaues Leinen Kostüm mit einem weißen Kragen und weiße Handschuhe wirkten unauffällig, aber perfekt.

Sie wurden gute Freundinnen, erst auf Messenger, und jetzt, als sie Helen nach New York einlud und sie doch zu ihrer großen Überraschung an den Abschiedsfeierlichkeiten des echten Generals Paul Francis teilnehmen ließ. Dennoch kannte sie diese Frau eigentlich gar nicht und die Warnung ihres Sohnes fiel ihr wieder ein.

Der wahre Grund, warum Helen nach Amerika gekommen war, war eigentlich, um diesen Farbigen zu finden, der sie um 12.500,00 Euro betrogen hatte.

Sie war auf eine heiße Spur durch die Ex-Soldatin gestoßen, die sie nach North Carolina führen sollte.

Beide teilten sich eine gemeinsame Geschichte, die den General betraf. Sollte sie sich da etwa geirrt haben?

DIE EX-SOLDATIN UND IHR PLAN

„Weißt du, welche große Freude du mir gemacht hast, mich zu dieser Veranstaltung einzuladen, Charly?", flüsterte Helen ihr zu, um ihr eigenes, plötzlich aufkommendes Unbehagen zu zerstreuen.

„Das freut mich, Darling, diesen Gefallen habe ich dir doch gerne getan, ich weiß doch, was du durchgemacht hast. Glaube aber nicht, dass dieser General so unschuldig und moralisch einwandfrei ist, wie du vielleicht denkst." Helen verstand nicht.

Da war schon wieder dieser befremdliche Ton.

„Charly, was meinst du damit?", fragte sie und wunderte sich im selben Moment, warum diese Frau eigentlich Charly hieß, obwohl Charly ihr es ja schon erklärt hatte.

„Darling, du darfst nicht vergessen, dass die Dinge manchmal anders sind, als sie scheinen." Jetzt sprach diese Frau, die zwar sehr schön war, aber doch ein herbes Gesicht hatte, schon wieder in Rätseln.

Hatte sie so ähnliche Worte nicht schon einmal kürzlich von jemand anderem gehört?

Wieder flogen neun Düsenjets, aber es war das altbewährte Sniper in sehr niedriger Formation, und bildeten ein Dreieck und hinterließen breite, künstliche, farbige Kondensstreifen über den Köpfen der staunenden Menge,

Diesmal drifteten sie auseinander. Es folgten die obligatorischen vier riesigen Black Hawks. Sie machten einen enormen Lärm. Das Publikum applaudierte begeistert.

„Es gab eine Zeit, musst du wissen, in der der General ganz furchtbar hinter mir her war", fuhr sie fort und war sich bewusst, dass sie das nicht preisgeben sollte. Helen konnte nicht glauben, was sie da gerade eben hörte.

„Ja, der ist ein richtiger *Womanizer*, der hat mich sexuell belästigt. Ein männliches *Pic*, wie alle Männer musst du wissen!"

„Was?"

„Aber ich habe ihn abblitzen lassen und dann hat er mich aus dem Dienst entlassen! *Unehrenhaft!*

Stell dir vor, Helen?"

Charly merkte, dass sie sich gerade in Wut redete.

Sie war etwas zu weit gegangen und versuchte, einzulenken.

„Weißt du was, ich hole uns jetzt einen Kaffee, bin gleich wieder da." Helen dachte fieberhaft nach: Was meinte sie nur? Stimmt da etwas nicht?

Sollte diese Charly gar keine Frau sein und es war genau umgekehrt? Vielleicht war sie hinter dem General her und deshalb wurde sie unehrenhaft aus dem Dienst entlassen?

Charly benutzte den Vorwand aber nur, um außer *Kaffee* noch etwas anderes zu holen.

In einem Versteck in der Nähe der öffentlichen Toiletten suchte sie nach einer Blechdose. Darin hatte sie etwas Wichtiges versteckt. Diese Dose hatte sie sehr sorgfältig versteckt, schon einige Zeit vor diesem Tag.

Die Grasnarbe, die sie vorsichtig abgenommen hat, nachdem sie die Dose entfernt hatte, legte sie wieder auf die Stelle.

Sie öffnete die Dose und holte einen, in ein Stofftuch gewickelten Revolver heraus.

Einen Moment hielt sie die Beretta 9 mm in den Händen und schaute sie ehrfürchtig an. Ihre weißen Handschuhe würden keine Fingerabdrücke hinterlassen.

Eine *Beretta* 9 mm italienischer Herstellung, eine wundervolle, große Waffe., die den Vorteil hatte, auch aus weiter Entfernung gut zu treffen.

Ein kleiner Schauer lief Charlie über den Rücken. Sie steckt sie schnell in ihre Kostümjacke. Sie hatte sich in das Jackenfutter eine große Tasche genäht. Dann kaufte sie zwei Pappbecher mit Kaffee. Lange hatte sie alles vorbereitet für diesen Tag.

Nichts durfte schiefgehen.

„Vergiss bitte nicht, dass fast alle ‚Hetero'-Männer in Wirklichkeit schwul oder bi sind. Ich weiß das aus Erfahrung."

Das hatte Charly allen Ernstes zu Helen gesagt, als sie wieder neben ihr stand und ihr den Pappbecher reichte.

„Vorsichtig, sehr heiß, Milch habe ich schon reingetan!"

Langsam stieg in Helen ein schlimmer Verdacht auf.

Charly war gar keine Frau, könnte das sein? Obwohl Helen das einfach nicht erkennen konnte. Da fehlte ihr tatsächlich die Erfahrung.

„Und glaube mir, Darling, der General war so einer."

Sollte das tatsächlich stimmen, dachte sie und ihre Gedanken wirbelten durcheinander. Nein, das konnte sie nicht von diesem Mann glauben!

„Und glaube ja nicht", fuhr Charly unbeirrt fort, „dass alle verheiratete Männer *hetero* sind, oh nein!

Oder dass *verheiratet sein* solchen Männern irgendetwas etwas bedeuten würde *und Kinder haben*, schon gar nicht!", sagte Charly in einem verächtlichen Ton.

„Glaube mir, Helen, alles Tarnung. Ich weiß das."

Jetzt dämmerte es Helen, es war genau umgekehrt.

Sie hatte durch diesen General ihren Job als Soldatin verloren, weil sie dem General Avancen machte und dann wurde sie unehrenhaft aus dem Dienst entlassen.

So muss es gewesen sein und jetzt hasste sie ihn dafür.

Immer mehr dämmerte es Helen, dass neben ihr ein Mann stand. Eine gut als Frau getarnter Mann.

Dieser *transgender Mann*, der wie eine sehr anziehende Frau aussah, wollte sich an dem General rächen.

„Aber wie?", fieberhaft dachte sie nach. Immer noch ahnte sie nicht, was dieser Mann vorhatte. Sie ahnte noch weniger, dass auf dieser Veranstaltung etwas passieren sollte und sie eine negative Rolle dabei spielen sollte. Gerade flogen noch einmal neun Düsenjäger in Dreiecksform mit farbigen Kondensstreifen über die feiernde Gesellschaft, diesmal nebeneinander und drifteten nach allen Seiten auseinander. Noch einmal flogen laut brummend vier riesige Black Hawks hinterher.

Sie wusste nicht, dass diese abgewiesene Soldatin durch ihren Hass auf den General auf Rache sann – und zwar nicht erst seit diesem Tag. Helen konnte nicht wissen, dass sie diesen Moment seit vielen Monaten vorbereitete hatte, genau für diesen Tag.

Charly sagte jetzt nichts mehr, weil sie sich sonst zu sehr verraten würde.

Sie hatte dem General Avancen gemacht und er hatte sie abgelehnt. Das war sein Todesurteil.

Ihr Leben wurde durch diese Zurückweisung und den Verlust ihres Jobs in der Armee sinnlos. Und sie beschloss, dass auch das Leben des Generals keine Existenzberechtigung mehr haben durfte.

Dieser Transgender hatte nichts mehr zu verlieren. Sie sah keine Lebensperspektive mehr für sich selbst

Der General sollte auf dieser wundervollen Feier sterben. Diesen schönen, ehrenvollen Tod hatte er verdient, dachte sie in ihrer psychopathischen Sentimentalität. Es war leicht für sie gewesen, ihren US-Militär-Ausweis zu fälschen und eine Waffe zu schmuggeln. Sie entschied sich für die Beretta 9 mm, die sie Tage vorher schon auf dem Gelände versteckt hatte.

Mit dieser Waffe konnte sie sogar aus großer Entfernung noch genau zielen. In der Innenseite ihrer Leinenjacke wartete die Waffe jetzt auf ihren ganz besonderen Einsatz. Sie hätte die Waffe sowieso nicht am Körper hereinschmuggeln können. Dazu wurden die Gäste einer viel zu intensiven Leibesvisitation unterzogen. Mit dem Vorwand, Helen einen Kaffee zu bringen, holte sie die Waffe aus ihrem Versteck. Diese naive Deutsche kam ihr gerade recht.

Durch ihre *Romantic Scam Story* würde sie sofort unter Verdacht geraten. Charly fand, dass ihr mit dieser deutschen Frau ein genialer Coup gelungen ist.

Und Charly würde leicht im allgemeinen Chaos verschwinden können.

Ein Raunen ging durch das Publikum. Dann folgte frenetischer Beifall. Der Präsident der Vereinigten Staaten war erschienen: Jackson M. Caldwell, dessen Familie seit mehreren Generationen sehr einflussreich und wohlhabend war – weil sich dessen Großvater durch die Prohibitionszeit, das war die Periode zwischen 1920 und 1933 als es gesetzlich verboten war,

Alkohol herzstellen oder zu verkaufen, illegal bereichern konnte. Walter Caldwell legte damit den Grundstein, dass sein Enkel später Präsident der Vereinigten Staaten werden konnte. Nach einer bewegenden Rede verließ der Präsident aber wieder die Zeremonie, da er noch weitere wichtige Termine hatte.

Dann sollten 21 Salutschüsse abgefeuert werden. Die große Militärkapelle spielte gerade die amerikanische Nationalhymne. Die Musiker in ihren leuchtend roten Militärjacken und weißen Hosen strengten sich mächtig an, im Gleichschritt zu marschieren und gleichzeitig ihre amerikanische Nationalhymne zu spielen.

Der Tamburinmann in seiner Bärenfellmütze schwang geschickt seinen Tamburinstab.

DAS ATTENTAT

Inzwischen wurde Helens Aufmerksamkeit wieder von dem Schauspiel stark in Anspruch genommen.

Sie lauschte fasziniert der Ansprache des Präsidenten.

Mann oder Frau, dachte sie, was konnte sie schon daran ändern und heute würde bestimmt nichts passieren, da war sie sich ganz sicher.

Sie wollte sich die Freude nicht nehmen lassen, sie wollte die Feier in vollen Zügen genießen. Der General sah gut aus in seiner Uniform, auch seine Frau, die neben ihm stand, passte gut an seine Seite.

Helen spürte einen kleinen Stich der Eifersucht in sich.

Seine Uniform war atemberaubend schön, die dunkelblaue Uniformjacke und die weißen Hosen passten ihm wie angegossen.

Dazu der dunkle Gürtel und die goldenen Knöpfe. Die Goldknöpfe leuchteten dekorativ in der Sonne, genauso wie die weiße Schildmütze. Auf dessen schwarzem glänzendem Lackschild war goldenes Eichenlaub appliziert.

Helen hatte die Soldatin schon fast vergessen, so stark nahm sie dieses Schauspiel in Anspruch. Vor allem der Anblick des Generals machte sie beinahe atemlos.

Charly, die Ex-Soldatin, erschien jetzt wieder. Sie stellte sich links neben Helen und sah so harmlos und feminin aus. Vielleicht bildete Helen sich alles nur ein und sie hatte einfach zu viel Fantasie?

Der Himmel war noch immer wolkenlos. Der Wind nahm zu. Das war unangenehm. Sie bedauerte, dass der US-Präsident so schnell wieder gehen musste, aber jetzt war sie in Erwartung der 21 Böllerschüsse. Je zwei Soldaten bedienten eine der altmodischen Kanonen. Die ganze Aufmerksamkeit des Publikums war auf die laut donnernden Kanonen gerichtet.

Jede abgefeuerte Kanone löste einen Schwall von weißem Rauch aus und hüllte die bedienenden Soldaten fast völlig darin ein. Eine Weile war kein Soldat mehr zu sehen. Sogar die überdimensional große U.S.-Flagge verschwand im weißen Rauch.

Das war der Moment, als Charly, blitzschnell ihre Beretta aus ihrer Kostümjacke zog und mit gestrecktem Arm auf den General zielte. Sie war eine gute Schützin und hatte für diesen Moment lange geübt. Sie wollte genau übereinstimmend mit einem Böllerknall den Schuss abgeben.

Helen indessen war gerade mit sich selbst beschäftigt. Obwohl sie unmittelbar neben der Schützin stand, bemerkte sie nichts.

Sie musste ihren großen, weißen Panamahut an der breiten Krempe mit einer Hand festhalten, weil eine aufkommende Windböe ihn ihr beinahe vom Kopf riss. Der Kaffee, den sie in der anderen Hand hielt, rutschte ihr dabei aus der Hand, aber da sie Kaffeeflecken auf ihrem hellblauen Seidenkleid unter allen Umständen vermeiden wollte, fing sie den Pappbecher noch geistesgegenwärtig in der Luft auf. Dabei verlor sie aber ihre hellblaue Schultertasche und stieß sehr ungeschickt gegen die Soldatin. Diese hatte gerade ihre Waffe auf den General gerichtet.

Dann knallte ein Schuss, den wirklich jeder hören konnte, weil er Sekunden nach dem Böllerschuss losging.

Augenblicklich herrschte Totenstille, sofort danach begann aber ein ohrenbetäubendes Geschrei.

Helen wurde umgerissen, sie wusste nicht, ob es Charly war oder jemand anderes. Jemand stolperte über sie und stürzte ebenfalls. Dabei wurde ihr der schöne, weiße Panamahut vom Kopf gerissen.

Der Schuss verfehlte den General um Haaresbreite, traf aber den Bodyguard am Oberarm. Dieser ließ sich nichts anmerken und stellte sich schützend vor den General. Das war schließlich sein Job, dafür wurde er ausgebildet. Dann umarmter er ihn, um ihn wegzureißen und in Sicherheit zu bringen. Dabei beschmierte er den General versehentlich mit seinem Blut, was die Menschen zum Anlass nahmen, in noch größere Hysterie zu verfallen. Trotz der lauten Kanonenschläge hatte jeder den Pistolenschuss gehört.

Helen kauerte auf den Boden und hielt den Kopf schützend mit beiden Armen umschlossen, auch damit sie nichts hören konnte. Ihre Angst war unbeschreiblich groß. Sie murmelte ein Gebet, das ungefähr so klang.

„Bitte lieber Gott, lass mich hier lebend rauskommen!"

Erst nach einigen Minuten wagte sie es wieder, nach oben zu schauen, und sah direkt in fünf Maschinengewehrmündungen.

Als sie sich aufrichten wollte, spürte sie, dass sie direkt auf etwas Hartem kauerte. Sie hob den Gegenstand auf und in ihren Händen hielt sie einen Revolver. Ihre Hände wiederum steckten noch in den weißen Handschuhen. Es verging keine Minute, da hatte die Militärpolizei ihr den Revolver entrissen, Helens Arme schmerzhaft nach hinten verdreht und ihr Handschellen angelegt. Alles gleichzeitig!

Es herrschten weiterhin große Panik und totales Chaos. Helen wurde rüde vom Boden hochgerissen. Sie schrie voller Angst, aber auch vor Schmerz.

Von Charly fehlte jede Spur. Es herrschte fortwährend schrecklicher Lärm und alle schrien und liefen panisch durcheinander.

„Ich war das nicht!", schrie Helen, so laut sie konnte, in den allgemeinen Lärm!

Erst auf Deutsch, dann auf Englisch. Helen versuchte, sich verständlich zu machen, doch der Aufruhr war zu groß. Der General schaute einen Moment lang in ihre Richtung, bevor er in Sicherheit gebracht werden konnte.

Der US-Präsident hatte schon zehn Minuten früher das Gelände verlassen. Helens Bick und seiner trafen sich.

„Oh Gott", dachte sie, „ich sehe bestimmt schrecklich aus, wieso denke ich jetzt an mein Aussehen?" Sie hatten sich zwar noch nie in Wirklichkeit gesehen, aber Helen hatte einmal einen Brief an das FBI geschrieben, dem sie Fotos von sich beifügte.

Einen Augenblick lang, als sich ihre Blicke trafen, glaubte sie, dass er sie erkannt hatte. Dann schoben fünf MPs sie unsanft in einen schwarzen Van.

Sehr heftig drückten sie Helens Kopf unter der Autotür durch. Ihr ganzer Protest nützte nichts. Wut und Angst stiegen in ihr hoch.

„*I didn't do anything!*", schrie sie den MP-Beamten mit ihrem deutschen Akzent viel zu laut ins Gesicht, weil sie bereits in Auto saßen.

„*I only tried to save the general's life believe me!*"
Das stimmte zwar nicht, passte aber gut in die gegenwärtige Situation, dachte sie. „Vielleicht hilft mir das, ich stehe doch scheinbar unter Verdacht!"

„O. K., das können Sie dem *Chief Detective* erzählen", antwortete der Beamte unfreundlich, der während der Fahrt neben ihr auf dem Rücksitz saß.

„Meine Handgelenke tun weh, machen Sie das gefälligst ab!" Diese verfluchten Handschellen. In ihrem ganzen Leben wurden Helen noch nie Handschellen angelegt. Sie empfand das als äußerst demütigend.
Die Zeremonie war inzwischen abgebrochen worden. Jedoch herrschte immer noch große Aufregung.
Helen beobachtete vom Wagen aus, wie die Menschen eilig zum Ausgang liefen.

Manche rannten oder liefen sehr schnell, einige stürzten, aber der Grasboden war weich, so verletzte sich niemand ernsthaft. Die Soldaten rollten hektisch die Flaggen ein. Es hatte den Anschein, als zöge ein unheilvoller Sturm auf.

Aber der Himmel zeigte sich im schönsten Blau. Der warme Sonnenschein ließ nichts von einem Sturm erkennen. Ein paar Fotografen rannten neben dem Auto her und schrien ihr etwas zu, doch durch das Panzerglas konnte sie nichts verstehen.

Alles sah sie durch die verdunkelten Scheiben des großen Vans, sie hatte das Gefühl, als sei alles nur ein böser Traum.

METAMORPHOSE

Inzwischen entfernte sich die elegante Frau in ihrem engen schlichten Kostüm in aller Ruhe vom Tatort.

Hektik und Eile würden auffallen, weil sie genau in die entgegengesetzte Richtung des Ausganges gehen musste.

Die Pistole hatte sie neben Helen auf dem Rasenboden fallen lassen. Während sie in die Richtung schritt, wo sie ihren Militärsack versteckt hatte, dachte sie noch einmal unaufgeregt nach.

Sie war fest davon überzeugt gewesen, dass sie das Richtige getan hatte.

Der General hätte auf ihre Avancen eingehen müssen. Heterosexuelle Männer, besonders der gut aussehende General, zogen diesen Transgendermann auf magische Weise an. Es gab ihm einen Kick, wenn er *Heteros umdrehen* konnte. Noch dazu hatte er sich unsterblich in den General verliebt. Dass er nicht seine Liebe erwiderte, konnte er dem General nicht vergeben.

Sein Todesurteil war deshalb beschlossene Sache.

Es ärgerte ihn maßlos, dass das Attentat fehlgeschlagen war, und der General noch lebte, aber wenigstens hatte er ihm eine Lektion erteilt. Schnell und unbemerkt holte er den Kleidersack aus dem Versteck, den er direkt neben der öffentlichen Herrentoilette deponiert hatte.

Es war ein kleiner, wasserdichter Jutesack, den er in einer Mülltonne versteckt hatte, die direkt neben der vergrabenen Pistole stand. Er wusste genau, wann die Tonne geleert wurde.

Dann lief er in Richtung Toilette. Niemand beachtete ihn, alle waren mit sich selbst beschäftigt. Niemand nahm Notiz von der *Soldatin.* In der allgemeinen Hektik, die ein Attentat immer nach sich zog, konnte sie sich ziemlich ruhig auf ihre Verwandlung vorbereiten.

Charly schaute sich noch einmal vorsichtig um. Dann stieg sie die Holzstufen hinauf. Zeugen, die sehen konnten, dass eine Frau in die Herrentoilette ging, wollte sie unter allen Umständen vermeiden.

Gegen ihre sonstigen Gewohnheiten betrat sie die Herrentoilette, die sie schon lange gemieden hatte, genau seit der Zeit, als sie sich entschlossen hatte, eine Frau zu sein.

Die Klos waren leer. Schnell schloss sie sich in einem der Klosettabteile ein und begann, ihre Kleider zu wechseln. Zuerst zog sie sich die Perücke ab, damit begann ihre Verwandlung. Das Attentat war misslungen. O. K., das löste allerdings einen teuflischen Hass in ihr aus. „Aber sonst", dachte sie, „habe ich alles richtig gemacht."

Sie strich sich über den kurzen Militärhaarschnitt seiner dunklen Haare und wurde zum „ER".

Dann entfernte er den wattierten *BH* und sah nun aus wie ein Mann. Immerhin war es ihm gelungen, dem angebeteten General, dem Objekt seiner Begierde, einen gehörigen Schrecken einzujagen, denn einem Mann wie ihn hatte man nicht so schmählich abzuweisen. So etwas konnte nur mit dem Tode bestraft werden. Jetzt schlüpfte er in den Tarnanzug und stopfte das Kostüm in den Tragesack. Er schnürte sich die klobigen schwarzen Militärstiefel zu.

Als US-Soldat der amerikanischen Armee verließ er die Toilette. Beim Verlassen warf er noch einen kurzen Blick in den Spiegel. „Perfekt!", dachte er, niemand würde ihn wiedererkennen.

Den Beutel mit den Frauenkleidern warf er aus dem Fenster. Er war jetzt ein gut aussehender, fast schöner, großer Mann, mit breiten Schultern muskulösem Oberkörper, der sich aber durch und durch als Frau fühlte. Jetzt sah er aus wie ein richtiger US-Soldat.

Er setzte sich die Militärschildkappe auf und wollte gerade den Ort seiner Verwandlung verlassen, da öffnete sich die Türe und eine Gruppe Militärpolizisten stürzten ihm entgegen. Einer von ihnen, der der Vorgesetzte zu sein schien, ließ sich seinen Ausweis zeigen. Dabei sah er ihm direkt in das Gesicht. Immer wieder musterte er ihn und verglich es mit dem Foto seines Ausweises. Das dauerte einige Minuten.

Charly wurden die prüfenden Blicke des Sergeants unangenehm. Er fühlte, wie sich kleine Schweißperlen über seiner Oberlippe bildeten. „Bloß jetzt nicht nervös werden", dachte er. Aber in der Hektik und dem Chaos übersah der Militärpolizist, dass der Ausweis gefälscht war beziehungsweise nur das Datum. Er gab ihm den Ausweis wortlos zurück.

Als Gefreiter Charles Mac Stone verließ er unbehelligt den Raum. Die Soldaten begannen, die Toiletten zu durchsuchen, und stießen mit ihren Stiefeln lautstark gegen alle Türen.

Währenddessen ging Charly ruhigen Schrittes Richtung Ausgang. Da sah er den schwarzen Van mit den dunklen Scheiben. Charly war sich sicher, dass da die Deutsche drinnen saß. Er hatte den Verdacht geschickt auf Helen gelenkt und war stolz auf sich.

Er blieb stehen und starrte auf das Auto.

Aber er konnte nur sein eigenes Spiegelbild in den dunklen Scheiben erkennen.

DAS VERHÖR

Charly hatte jetzt den typischen Militärhaarschnitt, an den Seiten ganz kurzrasiert, aber irgendwie erinnerten Helen diese Gesichtszüge an jemanden. Dieser Soldat, den sie am Wegesrand stehen sah und der so angespannt auf ihren Van starrte.

Es gab einige Verzögerungen, was ihre Person betraf, und ihr Van wurde einige Male angehalten. Sie befanden sich immer noch auf dem Militärgelände.

Ihre Hände und Füße fühlten sich eiskalt an, obwohl es heiß draußen war.

Das Militärareal war anscheinend sehr groß. Der schwarze Van hielt vor einem Barackenhaus.

Sie wurde in einen spartanischen Raum geführt, der scheinbar zum Verhör benutzt wurde, denn an einer Seite des Zimmers befand sich ein riesiger Spiegel. Helen dachte immer noch über den jungen Mann mit den dunklen Haaren nach. Und er wollte ihr nicht aus dem Kopf gehen. Dann blickte sie sich in dem Raum um. „Aha, da wird man beobachtet von Personen, die sich hinter dem Spiegel befinden", überlegte sie und das Gefühl beunruhigte sie. In der Mitte des Raumes stand ein Tisch mit zwei sich gegenüberstehenden Stühlen. Grob wurde sie auf einen der Stühle gedrückt, sodass ihr Gesicht Richtung Spiegel sah.

„Kann ich bitte mal auf die Toilette und nimmt mir mal jemand diese Dinger ab?" Alle waren gerade hereingekommen, verließen aber sofort wieder den Raum, nachdem Helen ihren Wunsch geäußert hatte. Dafür kam eine Beamtin in schwarzer Polizeiuniform herein: dunkelhäutig, klein und korpulent.

„Aufstehen und mitkommen!", sagte sie in einem gelangweilten Befehlston. Auf der Toilette nahm sie ihr kurzzeitig die Handschellen ab. Danach durfte sich Helen die Hände waschen.

Sie drehte den Wasserhahn mit dem kalten Wasser weit auf und formte beide Hände zu einer Schale, ließ sie mit kaltem Wasser volllaufen und tauchte ihr

Gesicht in die Hände. Das eiskalte Leitungswasser tat ihr gut und sie nahm ein paar Schlucke.

Ein angenehmes Gefühl breitet sich in ihr aus. „Mit wie wenig man plötzlich sein zufrieden sein kann", dachte sie. Sie war völlig verschwitzt und ihr schönes Kleid war schmutzig.

Die Beamtin gab ihr Papierhandtücher und fesselte dann wieder ihre Hände, aber diesmal vorne.

„Muss das sein", knurrte sie, „als ob ich weglaufen könnte!" Aber sie war froh, dass ihre Hände nicht mehr auf dem Rücken gefesselt waren. Im Verhörraum ließ sie sich erschöpft auf den harten Stuhl fallen. Jetzt erst wurde ihr so richtig bewusst, in welch misslicher Lage sie sich befand. Ihre Knie und Hände fingen an zu zittern. Ein Mann kam herein. Er sah nicht unsympathisch aus, war lässig in eine Uniform gekleidet, hatte aber die Jacke vorne geöffnet, darunter trug er ein beiges Militärhemd. Er hatte einen Schnauzer, freundliche Augen und dichtes, hellbraunes Haar. allerdings auch im typischen Militärhaarschnitt. Er setzte sich ihr gegenüber und stellte sich ihr als

Gordon Brown vor, aber ehe er überhaupt etwas sagen konnte, sprudelte es aus ihr heraus.

„*Sheriff* … oder *Chief Detective*, so heißen Sie doch, oder *Inspector … Chief*? Ist ja auch egal: Ich werde hier zu Unrecht festgehalten, ich habe nichts mit dem Anschlag zu tun, das müssen Sie mir glauben, und jetzt möchte ich meinen Sohn in Deutschland anrufen."

Sie hielt einen Moment inne. Dabei merkte sie nicht, dass sie in der Aufregung Deutsch gesprochen hatte.

„*Mam*, darf ich Sie erst einmal aufklären?", sagte Gordon Brown sehr langsam. „Sie befinden sich hier in einem Verhörzimmer des United States *Army Criminal Inverstigation Command* …"

Einen Moment hielt Helen inne, dann unterbrach sie hastig, diesmal in Englisch:

„Damit können Sie mich nicht einschüchtern, ich bin nämlich zu Unrecht festgenommen worden, Chief Inspector."

„Mein Name ist Gordon Brown und ich bin *Agent. Criminal Investigations Special Agent* … Sie können mich Agent Brown nennen und geben Sie mir jetzt weitere Infos über sich, wie zum Beispiel Ihren Namen, Alter, aus welchem Land Sie kommen und den Grund Ihres Aufenthaltes in den Staaten?"

Der Beamte bemühte sich, einen freundlichen Eindruck zu machen.

„Hören Sie denn nicht, was ich gerade gesagt habe, ich bin zu Unrecht festgenommen worden ... und außerdem haben Sie meinen deutschen Pass.

Der war nämlich in meiner Handtasche, Sie haben ihn doch? Da wissen Sie doch alles über mich", fuhr sie fort.

„*Mam*, können wir noch einmal von vorne anfangen? Mein Name ist *Agent Gordon Brown* und ich will hier alles aufklären und bitte Sie um Ihre Mithilfe", sagte er immer noch geduldig. Helen konnte nicht sehen, wer sich hinter dem Spiegel verbarg. Sie wusste aber, dass sich da Leute aufhielten, die sie sehen und alles mithören konnten, das hatte sie in Filmen gesehen und das war ihr sehr unangenehm.

„Zuerst will ich meinen Sohn sprechen. Was habe ich denn verbrochen? Ich habe nur versucht, das Leben des

Generals zu retten." Sie war sich bewusst, dass sie schon wieder log. „Das ist reine Überlebensstrategie, da ist es erlaubt, in solchen Fällen zu lügen", dachte sie. Sie sprach mit ziemlich starkem Akzent, aber ein ganz gutes Englisch, man konnte sie jedenfalls verstehen. Aber wenn sie aufgeregt war und nicht die richtigen englischen Worte finden konnte, fiel sie zwischendurch in einen deutsch-englischen Kauderwelsch.

„*Mam*, geben Sie mir jetzt Auskunft und zwar auf Englisch oder muss ich einen Übersetzer kommen lassen? Fast alle Deutschen sprechen doch mehr oder weniger gut Englisch?"

Gordons Stimme begann, ungeduldig zu werden.

Das fahle, von oben herabfallende Licht einer Glühbirne verlieh den Gesichtern eine Blässe und ein befremdliches Aussehen.

„Ach, Sie wissen inzwischen, dass ich Deutsche bin?", fragte sie ein bisschen frech.

„Ja", antwortete er gedehnt, „erstens ist Ihr Akzent unüberhörbar und zweitens sind Sie doch scheinbar in eine *Romantic Scam*-Geschichte mit dem General verwickelt? Stimmt das so … und warum waren Sie auf der Verabschiedungszeremonie, wenn ich fragen darf? Und wie sind Sie überhaupt dort hineingekommen?

Mrs. äh Lemberg?!"

Seine Stimme klang plötzlich scharf.

Diese Fragen brachten Helen aus dem Gleichgewicht und sie schwieg. Ihr Herz fing an zu klopfen.

„Sind sie vielleicht ein *Stalker*, Mrs. Lemberg? Ist es nicht so. Man weiß ja, wie gut der General aussieht, und das können Sie mir glauben, der General hat eine Menge Verehrerinnen, die könnten auch leicht aus dem Ausland kommen. Und was war mit dieser *Romantic Scam*-Geschichte? Erzählen Sie doch mal, Mrs. Lemberg?"

Helen vorlaute Art war wie verflogen. „Natürlich", dachte sie, „das könnte mich ja alles verdächtig machen."

Nach einer kleinen Pause sagte sie ziemlich leise und ein bisschen flehentlich: „*Chief* Detective, *äääh Agent Brown,* Sie müssen mir glauben, ich bin da selber reingelegt worden, ich habe auch Geld verloren und sogar ziemlich viel, bitte glauben Sie mir!" Und jetzt versuchte sie, das beste Englisch zu sprechen, zu dem sie in ihrer Aufregung fähig war.

„Und warum kommen Sie extra in die USA geflogen, um an dieser Verabschiedungszeremonie teilzunehmen?" Der Agent wirkte nun bedrohlich.

„Ist das nicht ziemlich merkwürdig?", fuhr er fort und beugte sich über den Tisch, was nun tatsächlich angsteinflößend wirkte.

„Vielleicht sind Sie auch noch der Meinung, der General hätte Sie irgendwie reingelegt, mit dieser *Romantic Scam*-Masche."

„Aber niemals würde ich so etwas glauben", protestierte Helen und es durchfuhr sie ein großer Schreck.

„Ich bin selbst hereingelegt worden!", stotterte sie und wirkte plötzlich sehr verunsichert

„Ich weiß nur leider nicht von wem, das war auch der Grund meiner Reise in die USA. Ich habe eine heiße Spur, das ist wahr, bitte glauben Sie mir, *Agent Brown.* Dann habe ich diese Frau, diese Ex-Soldatin, kennengelernt, die glaube ich, ein Mann ist …" „Oh, was rede ich da!", dachte si. „… und die hat geschossen …

Ja, das müssen Sie mir glauben, das hat sich wirklich so ereignet. Ich stand doch direkt neben ihr … ich muss es doch wissen, aber ich habe sie in der letzten Sekunde angestoßen, deshalb und ich schwöre Ihnen, nur deshalb hat die Kugel den General verfehlt!"

Ihre Stimme wurde ziemlich laut, sie schien ihre Beherrschung zu verlieren.

„Irgendjemand will versuchen, mir einen Mord anzuhängen", stammelte sie und ihre Stimme wurde weinerlich. Sie spürte plötzlich Verzweiflung in sich aufkommen. „Mein Gott, ich halte lieber meinen Mund und nehme mir einen Anwalt, wer soll denn so was Verrücktes glauben?"

Doch dann schluckte sie und fuhr fort.

„Einen Orden müsste ich bekommen, anstatt verdächtigt zu werden!"

Langsam begann sie selbst, an ihre Geschichte zu glauben.

Das hätte sie auch bestimmt getan, wenn sie gesehen hätte, dass diese Frau ihre Waffe auf ihn gerichtet hatte, dachte sie und wollte damit ihre Lüge rechtfertigen.

„Also, Mam, jetzt bleiben Sie mal bitte auf dem Boden der Tatsachen und beruhigen Sie sich!"
Der Beamte machte einen genervten Eindruck.
„Nehmen Sie erst mal einen Schluck Wasser." Er reichte ihr ein volles Glas. Helen nahm das Glas dankbar entgegen.
Sie hatte einen trockenen Mund, die Zunge schien ihr am Gaumen zu kleben. Sie trank das Glas in einem Zug leer.
„Wissen Sie, diese Frau äääh … ich meine, der Mann hat mir gesagt, er … sie… hätte genau das Gleiche mit dem General erlebt und wie gemein es sei, einfach seine Fotos im Internet zu klauen. Ich habe ihr, ihm geglaubt.
Es hat mich übrigens viel Mühe gekostet, den richtigen Namen des Generals herauszufinden, das konnte ich

nur per *face comparison* mithilfe eines Freundes tun, der bei der Polizei arbeitet!"

Schwindelte sie gerade schon wieder?

Helen hielt erschöpft einen Moment inne, sie fühlte sich plötzlich leer und ausgebrannt. „Warum erfinde ich solche Geschichten?", dachte sie und nach einer Pause fuhr sie müde fort:

„Man versuchte, mich in ihn verliebt zu machen … was denen, wer auch immer, ja auch gelungen war. Der General … also der mit dem falschen Namen, wollte mir Geld schicken, weil er aufhören wollte, er hatte schon seine Pension beantragt, er hatte genug von den vielen Kriegsschauplätzen, also Vietnam, Somalia, Irak, Syrien, Columbien."

„Ja, das genügt", unterbrach der *Agent* sie, „reden Sie weiter."

„Er sagte, er wolle, auch weil er mich kennengelernt hatte, in Pension gehen. Das hat mich schon berührt, müssen Sie wissen!"

Das Gesicht des Agent Brown blieb emotionslos und unbeweglich.

„Er würde aus Brasilien sein ganzes Geld auf mein Konto überweisen und ich bräuchte nur noch die *German Airport Tax* Gebühren des Frankfurter Flughafens bezahlen!"

„Und wie viel?"

„12.250,00 Euro, das fand ich gar nicht so viel."

„Und dann wollte er ein neues Leben mit Ihnen beginnen? Stimmt das so, Mrs. Lemberg?"

Helen nickte nun betreten. Ihr war das Ganze sehr peinlich.

„Er war müde vom Krieg und er wollte endlich seinen Sohn zu sich holen." Helen versuchte sie sich immer noch zu rechtfertigen, merkte aber langsam, dass es sinnlos war und sie sich nur immer tiefer hineinritt in ihre sentimentale, unglaubwürdige Geschichte.

„Jetzt ist es Zeit, zu schweigen", sagte sie sich. „Ich muss mir einen Anwalt nehmen. Du kommst sonst noch in Teufels Küche und nicht mehr heil da raus!"

„Sie wissen schon, dass es diesen Mann gar nicht gibt, dass Sie nur auf gestohlene Fotos reingefallen sind Mam." Helen nickte betreten.

„Und was war jetzt mit dieser Ex-Soldatin?", fragte Agent Gordon Brown und schaute sie durchdringend an. „Erzählen Sie mal davon?"

„Ja, genau!", antwortete Helen etwas zu eifrig und zu laut und räusperte sich. Aber sie hatte plötzlich einen *Blackout!* Ihr Kopf war völlig leer. Sie konnte keinen zusammenhängenden Gedanken mehr fassen.

„Ihr ist angeblich genau das Gleiche passiert wie mir. … Hören Sie Chief Inspector, ich meine Agent Brown, ich kann nicht mehr, bitte geben Sie mir eine Pause!"

„O. K., wir machen eine Pause", sagte der Beamte und stand auf. „Und dieser Charly hat den General gekannt?", fragte der Polizist noch schnell

„Ja, Agent Brown, Charly sagte mir, dass sie ein paar Jahre in der Armee des Generals Francis gedient hatte und ihn auch privat gut kannte.

Er, sie war sogar mal bei ihm und seiner Frau in seinem Haus eingeladen, einfach so.

Charly fragte mich, ob ich nicht Lust hätte, zu kommen, sie könne es möglich machen, dass ich bei seiner

Verabschiedungsfeier dabei sein könnte …, dass ich ihn *live* sehen könnte, und die Idee gefiel mir natürlich!"

Im Zimmer hinter dem Spiegel verließ General Francis den Raum, begleitet von zwei Militärpolizisten.

Nach einer weiteren Stunde Verhör wurde Helen erst einmal entlassen. Sie bekam eine Zelle zugewiesen, in der sie alleine übernachten durfte. Ein Abendessen wurde ihr gebracht, doch sie konnte nichts essen. Als die Beamtin den unberührten Teller wieder abholte, sagte sie lakonisch:

„Ja, wir sind hier nicht im Hilton, *Mam*!"

Am nächsten Morgen betrat Agent Brown unangemeldet den Raum und sagte:

„Sie können gehen, Mrs. Lemberg!"

Helen richtete sich von ihrem Feldbett auf und schaute ihn überrascht an.

„Was, wie bitte?"

„Ja, für sie ist eine Kaution hinterlegt worden. Aber verlassen Sie den Bundesstaat New York nicht. Gehen Sie in ein Hotel Ihrer Wahl, wir fahren Sie bis zum

Ausgang des Militärgeländes. Dort müssen Sie sich ein Taxi nehmen."

„Kann ich auch in mein altes Hotel in Manhattan gehen, da habe ich nämlich noch nicht ausgecheckt."

„Können Sie, Mrs. Lemberg!"

Helen sprang auf, sie war erleichtert. Sie konnte es zwar kaum glauben, aber anscheinend geschahen noch Zeichen und Wunder. Sie trug noch die Kleider vom vorhergehenden Tag.

„Holen Sie sich ihre persönlichen Sachen bei der Ausgabe ab."

Er tippte sich an die Stirn und verschwand.

An der Ausgabe bekam sie ihre American Express Card und die restlichen Sachen.

Vor der Tür stand ein Militärfahrzeug und brachte sie zum Ausgang. Dort wartete schon ein Taxi.

„Nicht schlecht, der Service des Militärs", dachte sie.

Ihre Erleichterung war grenzenlos, als sie in das *Yellow Cab* stieg.

Der Fahrer, ein Pakistani, der sehr schweigsam war, fuhr sie ins Hotel Knickerbocker. Helen musste nachdenken.

Nervlich war sie stark angeschlagen.

Wer hatte ihre Kaution bezahlt? Und wie hoch war die wohl? Ihr Sohn war es sicher nicht, denn wie hätte er wissen sollen, in welcher Situation sie sich gerade befand – und jetzt so schnell Geld für sie aufzutreiben, hielt sie für unwahrscheinlich!

„Knickerbocker Hotel!", sagte sie zu dem Fahrer und überlegte, ob sie ihren Sohn jetzt zu Hause anrufen sollte. Aber dann verwarf sie die Idee und verschob sie auf später, weil sie glaubte, dass man ihr die Emotionen der vergangenen Tage und Stunden zu sehr anmerken würde, und weil sie ein schlechtes Gewissen hatte.

JOHNS ERPRESSUNG

Als Helen im Hotel ankam, informierte die Frau an der Rezeption sie, dass man ihr Zimmer immer noch für sie freigehalten hatte. Ihr Gepäck stand noch immer im gleichen Zimmer. Sie war erleichtert und zog wieder in ihr Hotelzimmer ein. Sie setzte sich aufs Bett und klappte erst einmal ihren Laptop auf, ehe sie unter die Dusche gehen wollte.

Sie fühlte sich in jeder Hinsicht stark mitgenommen.

Zu ihrer großen Überraschung meldete sich der General auf ihrem *messenger*! Ihr Herz machte einen kleinen Sprung. Die ganze Erschöpfung war plötzlich verflogen!

„Hallo, General", schrieb sie, „ich freue mich, von Ihnen zu hören!"

„Guten Morgen, Mrs. Lemberg. Es freut mich, dass es ihnen wieder gut geht", schrieb er zurück.

„Ja, General Francis, ich bin so froh, wieder im Hotel zu sein." „Helen, ich habe übrigens Ihre Kaution bezahlt.

Ich weiß doch, dass Sie mit der ganzen Sache nichts zu tun haben."

„Das finde ich wunderbar, General, ich bin Ihnen so dankbar, ich war noch nie in U-Haft und ich möchte das auch nicht noch einmal erleben.

Aber, General, ich würde Ihnen gerne noch so viel erzählen. Ich denke, ich habe wichtige Informationen für Sie!" „Ja, Helen, es wäre auch mein Wunsch, mit Ihnen ein persönliches Gespräch zu führen", schrieb er.

„Ich würde Ihnen vorschlagen, Sie nachher in der Hotellobby zu treffen. Sie wohnen doch im Knickerbocker Hotel?"

„Ja, das stimmt! Was denken Sie, wann Sie kommen können, General? So in einer Stunde, wäre Ihnen das recht, Helen?"

„O. K., sehr gerne."

„Ich lasse Sie dann anrufen, damit Sie in die Lobby kommen können, Helen. Vielen Dank, General, bis gleich!"

Helen beeilte sich, sie hatte schon wieder Schmetterlinge im Bauch. Nach der Dusche zog sie sich ein Chiffonkleid an, ein wenig durchsichtig beigemeliert, mit schwarzem aufgedrucktem Leopardenprint. Draußen war es sehr heiß. Da kam auch schon der Anruf. Ein Mr. Paul Francis würde sie in der Hotellobby erwarten, sagte die Frau am Telefon. Sie sprühte noch schnell Chanel Nr. 5 auf, Marilyn Monroes Lieblingsparfüm, sie trug ja „*nachts nichts als Chanel Nr. 5*" Dann öffnete sie aufgeregt die Hotelzimmertüre und trat in den Gang. Noch bevor das automatische Licht anging, packte sie jemand schmerzhaft an den Handgelenken und drängte sie zurück ins Zimmer.

„Wenn du schreist, werde ich dein Gesicht ein wenig verunstalten", sagte jemand leise zu ihr und es klang bedrohlich. Sie sah einen dunkelhäutigen Mann vor sich, der ziemlich groß und sehr kräftig gebaut war.

Ihr Herz raste, sie verstand nicht, was los war. Er stieß sie grob aufs Bett, sie wagte nicht, sich zu rühren.

„Ja, schau mich nur an, *my dear* Helen, und jetzt, was siehst du?" Seine Stimme klang höhnisch und schneidend.

„Gefällt es dir nicht, was du siehst? Ach, und warum nicht? Wie oft hast du dir meine Liebesversprechungen angehört, Darling?", stieß er mit dunkler, rauer Stimme hervor. Sie dachte angestrengt nach, konnte sich aber nicht erinnern, diesen Mann jemals gesehen oder seine Stimme gehört zu haben.

„Ich bin der, mit dem du wochenlang herumgeturtelt hast, oh ja, so gerne hast du dir meine Liebesschwüre angehört, *honey*." Wie konnte dieser fremde Mann es nur wagen, in diesem Ton mit ihr zu sprechen? Nach einer kurzen Pause fuhr er fort:

„Meine Avancen haben dir doch sehr gefallen, oder täusche ich mich?"

„Robert", fragte sie unsicher, „sind Sie etwa Robert Chandler, der falsche General?"

„Genau der bin ich!", und er ließ sich schwer auf sie fallen. „Du hast es erraten, *sexy* Helen."

Er packte sie grob an den Schultern an

„Gar nicht genug konntest du bekommen von meinen Liebesschwüren. Soweit ich mich erinnern kann", seine Stimme klang erregt. Dabei grinste er böse.

Helen war fassungslos und sie hatte panische Angst.

„Aber du hast mir alles geglaubt, Darling, ich war ja dein weißer General. Glaube mir, Helen, ich bin der Gleiche, auch wenn ich kein weißer General bin."

„Bitte tun Sie mir nichts" , bettelte Helen.

Er kam ihr ganz nahe, packte sie an den Handgelenken und drückte mit seinem Körper ihren Körper auf das Bett. Dann spreizte er mit seinen Beinen ihre Oberschenkel auseinander. Ihr Chiffonrock rutschte hoch und er konnte ihre schönen Beine sehen bis hinauf zu ihrem schwarzen Slip.

„Du gefällst mir noch viel besser in Wirklichkeit als auf den Fotos", sagte er erregt und küsste sie leidenschaftlich und brutal zugleich. Sie hatte keine Chance, sich zu wehren, er war zu stark. Mit einer Hand versuchte er, ihren Slip wegzureißen. Sie schnappte nach Luft.

„Lass mich in Ruhe, gleich kommt jemand zu Besuch", keuchte sie.

Er ließ von ihr ab und rollte auf die Seite, dabei lachte er plötzlich so schallend laut, dass sie seine weißen Zähne blitzen sah.

„Ach ja, das glaubst aber nur du, *my Sweetheart, my Darling.* Listen, niemand wird kommen, denn *ich* habe dir den Chat gesendet im Namen von Paul Francis.
Immer noch die gleiche dumme, verliebte Frau und ihr General. Alles hast du geglaubt, ich war gut?"
Als Helen diese Worte hörte, wechselte ihre Angst in Wut und Scham.

„Habe ich dir nicht geschrieben, dass man nicht alles glauben darf, was in *Friendsbook* steht?", fuhr John fort und sein Gesicht nahm einen höhnischen Ausdruck an.

„Dein General wird nicht kommen, glaube mir.
Der ist ja so moralisch, der hasst Unmoral. Hasst sogar Betrug zwischen verheirateten Paaren. Ich lach mich kaputt."
Dann setzte er sich plötzlich auf und sagte etwas Unerwartetes:

„Aber Helen, *my sweetheart*, glaube mir, ich bin kein Vergewaltiger", seine Stimme wurde auf einmal ganz weich und sanft.

„Glaube mir, ich habe dich in gewisser Weise sogar geliebt!

Aber", fuhr er fort, „dir gefällt meine dunkle Hautfarbe nicht und ich bin auch kein General.

Den Unterschied hast du auf deinem Messenger nicht gemerkt. Das macht mich stolz, honey."

Er macht eine kurze Pause, damit die nächsten Worte besser wirken konnten.

„Wie leicht ihr weißen Weiber doch reinzulegen seid!"

Wieder ein kurzes Schweigen, damit Helen das Gesagte verinnerlichen konnte.

„Alles wirkt so inszeniert", dachte Helen angewidert.

Johns Miene wurde plötzlich sehr ernst.

„Jetzt sag ich dir erst mal meinen Namen, ich heiße Johnny, du kannst auch John zu mir sagen, meinen Nachnamen musst du nicht zu wissen. Hör mir genau zu, Darling, ich bin ein Künstler, werde aber momentan noch nicht richtig anerkannt. Deshalb brauche ich Geld." Helen tat, als ob sie ihn nicht verstanden hätte.

„Ich bin Künstler und brauche Geld!", wiederholte er eindringlicher.

„Hast du das verstanden?"

Sie setzte sich auch auf und strich ihren Rock glatt, schüttelte ihren Kopf und fuhr sich mit der Hand hastig durch ihre langen Haare.

„Geld?", fragte sie irritiert, „soviel ich weiß, hast du mich bereits um sehr viel Geld betrogen."

„Jetzt brauch ich aber noch mehr Geld, Darling!"

„Nicht von mir."

„Ach ja, das wollen wir doch mal sehen und was könnte der Wisch hier bedeuten, den ich in der Hand halte? Schau genau hin. Was könnte das sein?"

Er hielt ihr einen zerknautschen Zettel vor die Nase, den er gerade aus seiner Jeans gezogen hatte. Sie konnte nicht genau erkennen, was da stand, weil er den Zettel zu nahe an ihre Augen hielt.

Ohne auf ihre Antwort zu warten, sagte er: „Eine Fotokopie ist das. Eine Bestätigung, dass der General deine Kaution höchstpersönlich privat bezahlt hat, du wirst es nicht glauben, 200.000,00 Dollar!

Ja, das bist du ihm wert."

Helen schaute ihn entsetzt an.

„Und was willst du mir damit sagen?", fragte sie unsicher.

„Dass ich mit diesem Wisch zur Presse gehen werde, ganz einfach. Dann glaubt niemand mehr an die Moral deines integren Generals.

Denn, *my dear* Helen, warum sollte ein Mann in seiner Position so etwas tun? Rate mal! Vielleicht weil er so eine kleine Schlampe ins Bett kriegen möchte, die Tausende von Meilen gereist ist, nur um ihren Angebeteten mal live sehen zu dürfen."

Helen wurde es plötzlich schwindelig, ihr Mund war trocken, ihr Herz raste.

Sie dachte krampfhaft nach. Ihre Gedanken überschlugen sich. Ihr Kopf schwirrte.

Sie wollte unter keinen Umständen, dass der General wegen ihr in Schwierigkeiten geraten könnte.

Sie wusste, dass er aus solch einem Grund große Probleme bekommen und im schlimmsten Fall unehrenhaft aus der Armee entlassen werden könnte.

Nach einer Pause fragte sie:

„Wie viel willst du haben?"

„Genau 25.000,00 Dollar, nein, mit Unkosten 30.000,00", verbesserte er sich. „Ich hatte große Spesen, musst du wissen", dabei lachte er hämisch, „und außerdem habe ich inzwischen eine ganz heiße Freundin, die ist fast weiß und schöne Frauen kosten Geld."

Helen nickte abwesend.

„Ich habe aber kein Bargeld. Nur American Express."

Jetzt wusste John, sie hatte angebissen.

„Macht nichts, honey, dann machen wir jetzt einen schönen Spaziergang, als gemischtes Liebespaar, gehen zur nächsten Bank, oh, wie ich mich darauf freue. Ich wusste, wir verstehen uns, *my dear*!"

Helen befürchtete, dass ihr wohl nichts anderes übrig blieb, als auf diesen Kerl einzugehen, alles andere schien ihr auch zu gefährlich.

Musste sie das jetzt noch einmal durchmachen, nur diesmal nicht digital, sondern live. Noch einmal der *Fool* sein?

„Das reingelegte Dummchen", dachte sie verbittert.

„Ich möchte nur noch wissen, wie du an die Kopie gekommen bist?"

„Ganz einfach, Darling, hinter mir steht eine große Organisation aus Afrika, wie du ja schon weißt, und die kennen einige Lücken im Gesetz und einige Leute in den Büros der Polizei, die für sie arbeiten, mach dir da mal keine Sorgen!" Er stand auf und sah schon sehr groß und kräftig aus. „Sinnlos, sich mit so jemanden anzulegen", dachte sie.

„Ich möchte nicht, dass du dir deswegen deinen hübschen Kopf zerbrechen musst. Du weißt, dass ich immer noch ganz scharf auf dich bin."

„Wie zynisch", dachte sie.

Nach einer Pause forderte er sie auf:

„Also, gehen wir jetzt und vergiss deine *American Express Card* und deinen Pass nicht."

Dann verließen John und Helen das Hotelzimmer und er legte den Arm ganz eng um sie und presste sie an sich, sodass sie deutlich den Pistolenlauf fühlen konnte, der sich in ihre Rippen bohrte.

Sie durchquerten die Hotellobby und traten in das gleißende New Yorker Sonnenlicht, die Hitze nahm ihr fast den Atem. Bis zur *Bank of America* waren es nur hundert Meter.

Keiner der Passanten, die eilig ihres Weges gingen oder gemütlich dahinschlenderten, störten sich an diesem eng umschlungenen Paar.

Der farbige, große, junge Mann und die hochgewachsene, ältere, weiße Frau. Helen wusste, dass es sinnlos war, loszuschreien oder jemanden um Hilfe zu bitten. Die New Yorker waren es gewohnt, dass auf ihren Straßen Außergewöhnliches vor sich ging.

In der Bank angekommen, fühlte Helen als Erstes die kühle Aircondition, da sie schon gegen leichte Übelkeit ankämpften musste. Sie stellten sich am Schalter in die Reihe und warteten.

Noch zwei Kunden waren vor ihnen. Er küsste sie auf die Wange, ohne dass sie etwas dagegen tun konnte.

„Du bist tatsächlich eine sehr attraktive, schöne Frau, ich liebe große Frauen", flüsterte er ihr ins Ohr. „Darling, dein Parfüm macht mich an."

Trotzdem spürte sie seine Nervosität.

„Ich möchte 30.000,00 Dollar abheben", sagte Helen und schob ihre American Express Card über den Tresen. Die Bankangestellte sah sich die Karte an und prüfte das Passbild. Dann schaute sie Helen intensiv in die Augen.

„Wir wollen nämlich heiraten", sagte John hastig, ehe die Angestellte den unsicheren Blick Helens interpretieren konnte.

„Freut mich, aber wir zahlen eine so große Summe nicht so ohne Weiteres aus.

Bitte warten Sie einen Moment!"

Helen schöpfte Hoffnung, John wurde sichtlich nervös. Die Bankangestellte ging weg und blieb auch eine längere Zeit verschwunden.

„Vielleicht habe ich Glück", dachte Helen aufgeregt.

Doch dann kam sie zurück und wirkte zufrieden.

„Bitte unterschreiben Sie hier, Mrs. Lemberg. Wie wollen Sie denn das Geld haben?"

„In Hundert-Dollarscheinen", befahl John hastig. Die Bankangestellte blickte Helen wieder misstrauisch und fragend an. Helen nickte nur. Die Angestellte steckte die Scheine in einen Umschlag.

Als die beiden die Bank verließen, nahm John ihr blitzschnell den Umschlag weg, ehe sie ihn in ihre Tasche stecken konnte.

Draußen waren noch mehr Menschen unterwegs, obwohl es noch heißer geworden war.

High noon in New York.

Plötzlich wurde Helen unsanft in eine Gruppe Japaner gestoßen. Ein kleines Durcheinander entstand. Helen entschuldigte sich, aber die japanischen Touristen entschuldigten sich auch bei ihr.

Es war sinnlos, Erklärungen abzugeben.

John war verschwunden!

Die Japaner wollten unbedingt ein Gruppenfoto mit ihr zusammen machen.

Helen war froh, dass die japanische *Sightseeing-Gruppe* ihr das Anrempeln nicht verübelte.

Sie konnten ja nicht wissen, dass ein dunkelhäutiger Bastard sie in diese Gruppe hineingestoßen hatte, um anschließend zu fliehen und sie dabei um sehr viel Geld zu bestehlen. Also machte sie gute Miene zum bösen Spiel und ließ sich mit diesen freundlichen Menschen ablichten.

Es war jetzt um diese Zeit bestimmt 40 °C heiß und Helen begann zu schwitzen, sodass ihr allmählich das Chiffonkleid am Körper klebte. Sie musste jetzt schnell eine Entscheidung treffen.

Sie überlegte, dass zur Bank zurückzukehren, sinnlos war. Sie musste diesen Mann anzeigen, also das nächste Polizeirevier ansteuern.

UP WHERE WE BELONG

Eva stand vor ihrem Spiegel im Badezimmer, nickte mit dem Kopf und schaute sich in die Augen.

„Ja", sagte sie zu sich selbst, „genauso werde ich es machen, aber vorher müssen noch alle Türen abgeschlossen werden …!"

Sie lehnte sich mit den Oberschenkeln ganz fest an das Waschbecken, damit sie möglichst nah mit dem Gesicht an den Spiegel kam, ihre Kurzsichtigkeit zwang sie dazu.

„Wie gut, dass es wasserfeste Schminke gibt", dachte sie. Sie zog sich feinsäuberlich einen dunkelblauen Lidstrich. Sie wollte schön aussehen bei der Begegnung mit dem Tod.

Sie wollte keine blau verfärbten Lippen haben und todesbleich aussehen. Deshalb trug sie einen wasserfesten, braunroten Lippenstift auf.

Eine große Ruhe breitete sich in ihr aus, durchströmte ihren ganzen Körper. Vorbei mit all den Qualen und Ängsten. Sie war am Ziel.

Nachdem sie alle Fenster sorgfältig verschlossen hatte, stellte sie das Telefon ab, schaltete ihr Smartphone aus. Dann drehte sie den Wasserhahn auf und ließ sie das heiße Wasser in die Badewanne ein, genau 40 °C.

Sie wusste, wie schnell das Wasser abkühlen konnte.

Würde sie dann schon tot sein?

Sie legte ihre Lieblings-CD von Joe Cocker ein.

Up where we belong in Endlosschleife. Dieses Ende war ihr Wunsch und ihr Ziel, sie hatte sich gut vorbereitet.

Ohne lange zu überlegen, schluckte sie alle Tabletten. Das Risiko, sich übergeben zu müssen, musste niedrig gehalten werden. Womöglich wieder zu erwachen, das durfte unter keinen Umständen geschehen.

Das Wichtigste war, dass die Psychopharmaka nicht tödlich waren. Sie wollte nur bewusstlos werden.

Dann würde sie einschlafen und durch die Muskelentspannung würde sie unter die Wasseroberfläche rutschen und ertrinken. Der sanfteste Tod, wenn alles gut ging. Sie stieg in die Wanne und drehte den Wasserhahn ab, als die Wanne ganz voll war. Das T-Shirt und die lange schwarze Hose störten sie nicht. Es war angenehm warm.

Schon spürte sie die Wirkung der Tabletten. Hoffentlich würde ihr lebensbejahender Wille nicht dagegen ankämpfen, würde ihre Psyche sich nicht zu stark dagegen wehren.

Den Abschiedsbrief hatte sie sorgfältig verschlossen auf den Nachttisch im Schlafzimmer gelegt. Ihre Wohnung war wie immer penibel aufgeräumt.

Was würde ihre Schwester sagen? Sie wusste es.

„Warum musste meine egozentrische Schwester mir und meinen Kindern das antun?", würde sie lamentieren. „Das ist wieder typisch für meine Schwester. Ihren armen Nichten diesen Schock anzutun. Ich hatte immer recht, mit ihr hat eben etwas ganz und gar nicht gestimmt. Das hat schon unsere Mutter gesagt!"

Die Müdigkeit wurde immer stärker, sie spürte, wie sie wegglitt. Plötzlich kam Panik in ihr auf.

„Will ich wirklich sterben?", fragte sie sich plötzlich.

Das Leben konnte doch auch so schön sein! Nicht mehr zu wissen, wie es mit allem weiterging auf dieser Welt … und durfte sie so etwas überhaupt tun? Gab es vielleicht doch ein Leben nach dem Tod und noch ein übergeordnetes Strafgericht?

Obwohl sie schon stark benommen war, ergriff sie plötzlich ein starker Überlebenswille. Sie versuchte, sich aus der Wanne zu ziehen. Aber sie war bereits zu schwach, hatte nicht mehr die Kraft …

Sie ließ sich zurückfallen und geriet mit dem Kopf unter Wasser und verlor das Bewusstsein und ertrank. Gerade, wie es ihr Wunsch gewesen war. Niemand sollte ihr zu Hilfe kommen.

EINE TAXIFAHRT DURCH NEW YORK

Helen stellte sich an den stark befahrenen Times Square und hielt Ausschau nach einem gelben *cab*.

Sie winkte und sofort löste sich aus dem dreispurigen Stau ein gelbes *cab* und fuhr in gefährlichen Schlingerbewegungen auf sie zu.

Der Taxifahrer bremste mit quietschenden Reifen neben ihr, dabei wirbelten die Reifen Staub auf.

Sie stieg ein und setzte sich auf den Rücksitz.

„Bitte, können Sie mich zum nächsten Police Department in diesem Distrikt bringen?" Der Fahrer musterte sie kurz im Rückspiegel.

Dann brauste er los und hupte mindestens fünf Mal, bis er sich wieder eingeordnet hatte und gezwungenermaßen in Schrittgeschwindigkeit weiterfahren musste. Helen tupfte sich erst einmal ihr erhitztes Gesicht ab. Es machte ihr nichts aus, dass das

Taxi kaum von der Stelle kam, denn sie war erschöpft und froh, dass sie sich ein wenig ausruhen konnte.

Sie musterte den Taxifahrer, er war ein Sikh und sie wunderte sich, wie er es aushielt, mit diesem Turban auf dem Kopf in dieser New Yorker Hitze Taxi fahren zu können. Die Aircondition funktionierte kaum.

Doch dann schweiften ihre Gedanken ab zu den kürzlich erlebten Ereignissen. Sie konnte es immer noch nicht fassen, dass dieser John Robinson alias Robert Chandler noch einmal auf solch brutale Weise in ihr Leben eingegriffen hatte. Sie kannte seinen Nachnamen von der Ex-Soldatin.

Aber diesmal war es beängstigende Realität.

Und wieder demütigte John sie und bestahl sie noch einmal um eine große Geldsumme.

Ihr Kopf sank auf ihre Brust. Sie stützte ihn mit ihrer rechten Hand ab. Konnte es sein, dass sie diesem modernen Leben in dieser digitalen Welt mit 52 Jahren schon nicht mehr gewachsen war? Hatte dieser Robinson vielleicht recht, als er ihr höhnisch vorhielt, dass man im Internet nicht alles glauben durfte, was da stand? Er selbst aber besaß nicht die geringsten Skrupel, das Medium in krimineller Weise für sich auszunutzen.

Wut stieg in ihr auf und trieb ihr die Tränen in die Augen.

Aber vielleicht konnte sie doch noch etwas gegen ihn unternehmen?

Das Taxi bremste scharf und sie erschrak!

„Hier ist das Polizeipräsidium, *Mam*", sagte er mit seinem typischen indischen Akzent. Helen zahlte und stieg aus.

EINE MISSLUNGENE STRAFANZEIGE

Sie betrat das Präsidium und bat einen Beamten um Auskunft. Zunächst wurde sie von einer Polizeibeamtin abgetastet, dann schob sie jemand durch den *security* Türbogen. Die Sirene ging los.

Die Beamtin sah sie überrascht an.

„Das ist nur die Titanschiene in meinem Ellbogen. Reitunfall!" Dabei musste sie lachen, aber niemand lachte mit. Ihre Tasche wurde durch den Röntgenapparat gezogen. Alles war in Ordnung.

Eine Beamtin in schwarzer Uniform begleitete sie in den fünften Stock und verwies sie auf eine Türe. Der *Police Detective* hörte sich ihre Geschichte schweigend an, dann ließ er sich mit der *Bank of America* verbinden. Alles wurde ihm bestätigt.

Eine Helen von Lemberg war in Begleitung eines dunkelhäutigen Mannes dagewesen und hatte 30.000,00 Dollar abgehoben.

„Jetzt möchte ich bitte eine Diebstahlsanzeige aufgeben!"

Nun wurden ihre Daten aufgenommen, Fingerabdrücke und ein Polizeifoto folgten, einmal von der Seite, einmal von vorne. Schon wieder stieg Wut in Helen hoch!

„Bin ich jetzt die Beschuldigte? Nein, ich bin das Opfer und nicht die Täterin!", schimpfte sie.

„Bleiben Sie ruhig, *Mam.* Nur Routine!"

Eine Beamtin brachte sie in ein Nebenzimmer, dort ließ man sie ziemlich lange warten.

Irgendwann erschien dann Agent Gordon Brown vom Militär-Department.

„Hat man denn nie seine Ruhe vor Ihnen?", fragte er unhöflich.

„Wissen Sie was, im ersten Moment habe ich mich gefreut, ein bekanntes Gesicht zu sehen, wenn es auch nur Ihres war."

„Vorsicht, das könnte als Beamtenbeleidigung ausgelegt werden!" Agent Brown sah sie jedoch amüsiert an. Helen sagte: „Ich meine nur, ich würde jetzt sehr gerne nach Europa zurückkehren." Der Agent sah sie ein wenig nachdenklich an.

„O. K., Mam, dann schlage ich Ihnen vor, wir bearbeiten Ihren Fall hier weiter und Sie fliegen in der Zwischenzeit nach, ääh, Frankfurt zurück."

Der Beamte sah sie einen Moment gespannt an.

„Was halten Sie davon? Wir bringen Sie dann mit einem von unseren Autos zum Kennedy Airport. Wie gefällt Ihnen dieser Vorschlag, Mam?"

Sie sagte sofort zu. „Nur weg hier", dachte sie.

„Wenn Ihr Militärauto kurz am Hotel vorbeifahren könnte, dann bin ich sofort bereit dazu."

Schon nach einer halben Stunde konnte sie in einen schwarzglänzenden, riesigen Militär-Van einsteigen, ausgestattet mit herrlich kühler Aircondition.

Der brachte sie zuerst zum Hotel, von wo sie auschecken konnte. Der Van Fahrer wartete auf sie, bis sie gepackt hatte, dann fuhren sie weiter bis zum Flughafen. Sie musste auch nicht die Hotelrechnung bezahlen, was sie etwas verwunderte.

ONE DAY TRIP TO PHILADELPHIA

Der Flug war bereits gebucht. Das Ticket wurde ihr im Hotel an der Rezeption mit guten Wünschen für den Flug nach Germany ausgehändigt. „Guter Service, wenn sie dich schnell loswerden wollen", dachte Helen und setzte sich mit ihrem Handgepäck auf einen der vielen leeren Stühle. Sie trug ein leichtes, helles Leinenkleid, mit einem schwarzen Lackgürtel, was ihre schmale Taille betonte. High Heels in schwarzem Lack mit Riemchen um ihre Fußknöchel. Sie hatte abgenommen von den Aufregungen, was ihre Figur aber nur noch attraktiver machte.

Kühles weißes, fast durchsichtiges Leinen, einer der wenigen Stoffe, die man bei großer Hitze auf der Haut ertragen konnte. Allerdings im Flughafen war es ihr fast schon ein wenig zu kühl.

Das Aircondition war wieder viel zu hoch eingeschaltet und ließ sie frösteln. Sie saß ganz alleine und viel zu früh am Gate. Das war auch von ihr so beabsichtigt, denn sie wollte unter keinen Umständen diesen Flug mit der Lufthansamaschine nach Frankfurt versäumen.

Um von diesem Flughafen und diesem Land wegzukommen, hätte sie auch noch länger gewartet.

In zwei Stunden ging die Maschine nach Frankfurt.

Da sie der einzige Fluggast bis jetzt war, konnte sie sich gut entspannen.

Sie las schöne Modemagazine, weil ihr Bedarf an Politik und aufregenden Nachtrichten momentan gedeckt war.

Niemand in ihrer Firma würde etwas von ihrem Abenteuer erfahren, ausgenommen ihr ältester Sohn, Der aber konnte schweigen.

Das Gepäck war aufgegeben. Von Liebesabenteuern hatte sie genug. Ihr Bedarf war gedeckt. Nach und nach fanden sich auch die anderen Passagiere ein und es wurde voll. Die meisten Fluggäste sprachen Deutsch und jetzt wurde das Gate geöffnet.

Gerade als sie ihr Ticket zeigen wollte, standen plötzlich zwei Militärbeamte neben ihr und ein Security Mann des Flughafens. Sehr diskret und höflich forderten die Beamten sie auf, noch einmal mit ihnen mit zu kommen. Es hätte sich etwas Entscheidendes in *ihrer Sache* geändert. Helen kam dieser Aufforderung selbstverständlich nach. Vielleicht hatte man den Verbrecher schon gefasst. Sie war neugierig.

Die Militärbeamten positionierten sich rechts und links neben ihr, hinter ihr ging der Flughafen-Security-Beamte. Sehr schnell gingen sie einen schier endlosen Weg über diverse Rolltreppen hinauf und wieder hinunter und an vielen Gates vorbei.

„Ein wirklich großer Flughafen!", sagte sie, um höflich zu wirken und ein wenig Konversation zu betreiben. Keiner antwortete. Ein unbehagliches Gefühl ergriff sie. Dann las sie, dass sie in den privaten und militärischen Flughafenbereich gebracht wurde.

Seltsam.

„Können Sie mich bitte aufklären, was los ist und wohin ich gebracht werde?", fragte sie den Beamten rechts neben sich etwas außer Atem. Dieser schwieg immer noch, aber der andere gab ihr zu verstehen, dass sie die Stewardess fragen sollte, die gerade auf sie zukam.

„Ja, ich gebe Ihnen gerne Auskunft", antwortete diese und lächelte sie an, „Frau von Lemberg?"

„Ja, die bin ich!" Helen war froh, einer so freundlichen Stewardess gegenüberzustehen. Die Stewardess trug ein enges dunkelblaues Kostüm und ein rotes Käppi mit passendem rotem Halstuch. Sie war sehr hübsch und sehr freundlich.

„Frau von Lemberg", begann sie.

„Ich darf Ihnen die erfreuliche Mitteilung machen, dass Sie mit einer Privatmaschine fliegen werden."

„Bitte?"

„Ja, sehen Sie, sie steht da draußen, ungefähr fünfzig Meter entfernt."

Helen folgte ihrer deutenden Hand und blickte hinaus auf die Rollbahn. In der flimmernden Hitze sah sie etwas, was sie zutiefst beeindruckte. Noch nie hatte sie so ein schönes Flugzeug gesehen, zumindest nicht *live*!

„Was ist denn das für eine Maschine?", fragte sie und konnte ihre Aufregung kaum verbergen.

„Das ist ein Lockheed, eine private Militärmaschine C-37 Air Force & Navy.

Jetzt sollten Sie aber gehen, es gibt leider keinen Bus, Frau von Lemberg. Die Motoren sind schon eingeschaltet."

Helen ging zögernd hinaus. Sie konnte im Moment, das alles nicht einordnen. Umständlich holte sie ihre Sonnenbrille aus der Handtasche und schob sie mit leicht zittrigen Händen auf ihre Nase. „Nun gehen Sie bitte weiter!" Die Stewardess machte mit ihren Händen eine ungeduldige Vorwärtsbewegung und lächelte sie dabei freundlich an.

Zögernd ging sie los. Der warme Wind spielte mit ihrem weiten Leinenkleid und ließ den Rock plötzlich unvermutet hochwehen. Hastig versuchte Helen, den Rock herunterzudrücken.

Da sah sie, dass jemand an der Treppe des Flugzeuges stand, die ins Flugzeuginnere führte.

Es war ein großer, gut aussehender Mann, der einen perfekt sitzenden dunkelblauen Anzug trug.

Er lächelte ihr entgegen. Jetzt erkannte sie ihn und ihre Schritte wurden noch zögerlicher …

Es war der Vier-Sterne-General Paul C. Francis.

Plötzlich kam ihr alles wie in Zeitlupe vor. Auf halbem Weg kam er ihr entgegen.

„Helen", sagte er leise, „ich begrüße Sie."

Seine Stimme war dunkel und sehr sanft und ihr so vertraut von den vielen Videoclips von ihm, die sie alle mehrmals gesehen hatte.

„Ich freue mich, Sie kennenzulernen."

Sie stand ganz nahe vor ihm, nahm ihre Sonnenbrille ab und plötzlich, ohne es zu wollen, ließ sie ihren Kopf an seine Schulter sinken.

„Was mache ich da nur?", dachte sie und schämte sich ein wenig. Er legte einen Arm um ihre Schultern und gab ihr einen Kuss auf die Wange. Da war etwas Vertrautes, als ob sie sich schon lange kennen würden. Eine Seelenverwandtschaft. Er sollte nicht sehen, dass sie Tränen in den Augen hatte.

„Würden Sie mir die Ehre erweisen, mich auf meinem *One Day Trip* nach Philadelphia zu begleiten, Helen?"

Nach einigem Zögern hob sie den Kopf und nun konnte er sehen, dass ihr Tränen über die Wangen liefen.

„Danke, General, aber ich kann Ihre Einladung nicht annehmen. Ich kenne Ihre Prinzipien und Ihre hohen moralischen Ansprüche."

Da nahm er ihre Hand und zog sie, ohne etwas zu sagen, Richtung Flugzeug.

Die Düsenmotore der Lockheed summten leise.

Kurz vor der Treppe ließ er ihr den Vortritt, sie stieg einfach die wenigen Stufen hinauf, ohne noch einmal zu protestieren und ohne sich noch einmal umzudrehen.

Beim Hinaufsteigen wagte er einen Blick auf ihre langen, schlanken Beine, die in den schwarzen, glänzenden *High Heels* besonders gut zur Geltung kamen.

Was sie nicht sehen konnte, war, dass einige Pressefotografen im Flughafengebäude hinter den dunklen Glasscheiben standen und die beiden ganz nah an sich heranzoomten.

Der General wusste das, aber es kümmerte ihn nicht

„One Day Trip to Philadelphia", wie aufregend das klang und sie genoss den Flug an seiner Seite. Alleine neben dem General zu sitzen, in dieser schönen gestylten privaten Militärmaschine war der ultimative „Kick". Dazu eine lockere, angenehme Konversation zu führen mit dem Mann ihrer Träume, beglückte sie ungemein. Unterschwellig fühlte sie die starke erotische Spannung. Ihre geheimsten Wünsche schienen sich zu erfüllen und sie hoffte ganz naiv, dass dieser Flug nie zu Ende gehen sollte. Sie wollte den Augenblick genießen, ohne an gestern oder morgen zu denken.

„Würden Sie mir die Freude machen, mit einem Glas Champagner auf unseren Flug anzustoßen?", fuhr der General fort und blickte ihr in die Augen. Helen bemerkte, dass er schöne blaue Augen hatte und bejahte die Frage. Die Stewardess überreichte ihnen daraufhin zwei Gläser auf einem silbernen Tablett. Sie stießen an und der General fragte Helen:

„Mrs. Lemberg, ich hatte Sie schon Helen genannt, erlauben sie mir das auch weiterhin?" Helen nickte.

„Helen, ich möchte Ihnen sagen, dass ich glaube, dass Sie genau im richtigen Moment am richtigen Ort waren, um mir das Leben zu retten!", fuhr er fort und blickte ihr wieder tief in die Augen.

„Oh nein, General, da hat der Zufall einen wichtigen Part übernommen", protestierte Helen und eine leichte Röte stieg in ihr Gesicht. Sie wusste, dass sie die Wahrheit sagte. „Dennoch" beharrte er, „bin ich der festen Überzeugung, dass die Sache weitaus schlechter für mich ausgegangen wäre, wenn Sie nicht dagewesen wären."

„Wenn Sie das so sagen, möchte ich Ihnen natürlich nicht widersprechen, General!", antwortete Helen geschmeichelt. „Bitte, würden Sie mich Paul nennen?" Sie stießen mit ihren Sektgläsern an.

TRAUM UND WIRKLICHKEIT

Wer nun an ein „Happy End à la Rosamunde Pilcher"
glaubt, wird enttäuscht. Die Wirklichkeit sieht anders
aus. Die romantische Nacht wurde eingeläutet durch
Helens Unterbringung in einem anderen Hotel als
jenem des Generals. Dann begann für Helen eine
längere Wartezeit, die sie damit verbrachte, ein
ausgiebiges Schaumbad zu genießen und in ihrem
weißen, flauschigen Frotteemantel TV zu schauen oder
in schönen Hochglanzmagazinen zu blättern. Dann
cremte sie sich genüsslich ihren Korper ein.
Vorsichtshalber verließ sie ihr Zimmer nicht.
Der General war auf einen Empfang geladen, auf dem
er eine lange Rede zu halten hatte. Dorthin konnte
Helen ihn natürlich nicht begleiten. Paul rief sie nach
einigen Stunden aus dem Kongresssaal an und bat sie,
ein zu einem kleinen, italienischen Gourmetlokal zu
nehmen. Hastig streifte sich Helen ein rotes Seidenkleid

über und trug rote High Heels mit Pfennigabsätzen dazu. Die wirkten ein wenig nuttig, aber sehr erotisch. Paul wartete vor der Eingangstüre des Restaurants auf sie.

Der intime, versteckte Tisch für zwei Personen gefiel ihr. Bei Kerzenlicht, köstlichem Rotwein und einem exzellenten Dinner wurde eine typisch italienische Antipasta-Vorspeise angeboten. Die Stimmung stieg und führte zu angeregten Gesprächen. Der schwere, vollmundige, rote Wein stieg Helen schnell zu Kopf.

„Wir sind diesem Robinson schon auf der Spur, Helen, und glaube mir, unsere Polizei wird ihn bald fassen."

„Das freut mich, Paul, dann hat sich meine Reise ja gelohnt."

„Erpresserische Entführung ist kein Kavaliersdelikt, Helen. Ich kann nachvollziehen, was sie durchgemacht haben müssen." Helen tat das Mitgefühl des Generals gut.

„Sie bekommen selbstverständlich den finanziellen Verlust ersetzt und das Geld wird Ihnen erstattet, dass dieser Kriminelle von ihnen abgepresst hat."

Immer wieder stieß sie mit dem General an. Sie waren gelöst und glücklich. Nach dem Dinner bat Paul sie, alleine mit dem Taxi in das Hotel zurückzufahren. Er konnte sie nicht begleiten und käme in Kürze nach. Sie wusste, dass man sie nicht zusammensehen durfte.

Der Bible Belt-Puritanismus schlug sich besonders stark in der US-Armee nieder und das besonders bei den High Ranking Officers, weil diese im starken Maße Vorbildfunktion zeigen mussten.

Kein hochrangiges *U.S. service member* durfte sich jemals einen Fehltritt erlauben. Das würde sofort eine „Unehrenhafte Entlassung" nach sich ziehen, bestraft werden mit Streichungen aller Zahlungen, einschließlich der Villa und aller sonstiger Privilegien. Alles würde gelöscht werden. Selbst die üppige Pension würde gestrichen. Nicht einmal die private Krankenversicherung für ihn und seine Familie würde weiterbezahlt werden.

Ungeachtet aller drohenden Befürchtungen wurde diese Nacht dennoch eine der schönsten und unvergesslichsten Liebesnächte, die sie jemals erlebt hatten. Die Gewissheit eines einmaligen unerlaubten, niemals wiederkehrenden sexuellen Abenteuers entflammte diese schmerzvolle, süße Leidenschaft um ein Hundertfaches.

Am nächsten Morgen nach einem ausgiebigen Frühstück wiederholten sie dieses wundervolle erotische Erlebnis – das fast noch intensiver wurde und es schenkte ihnen noch einmal höchste intensive Gefühle. Die Furcht des Abschiedes löste das aus.

Die Trennung kam und ohne große Abschiedsszene verließ Helen das Hotel alleine und wurde zum Departure des John F. Flughafens gebracht. Als sie eincheckte, fühlte sie Tränen in den Augen und setzte ihre Sonnenbrille auf. Und dachte: „Das Leben ist nicht fair."

Der Flug verlief ruhig.

RUHESTAND

Wenn der General nach Hause kam, musste sich seine Gattin auf Zehenspitzen stellen, um ihrem Mann einen Begrüßungskuss zu geben. Dieses Ritual pflegte das Ehepaar schon seit Anbeginn ihrer Ehe.

Virginia und Paul, die nun seit über vierzig Jahren verheiratet waren, behandelten sich immer respektvoll und höflich. Sie hatten sich sehr jung kennengelernt.

Sie war erst fünfzehn und er neunzehn Jahre alt.

Der General behandelte seine Frau immer gleichbleibend zärtlich, die ganzen Jahre hindurch. Da hatte sich nichts geändert während der langen Jahre ihrer Ehe, nur die erotische Komponente war sanft entschlafen.

Die Einrichtung der großen Backsteinvilla war feudal und gediegen. Im Salon überwiegten zarte helle Farben wie lachsfarbene Wände und weißlackiertes Holz. Hellbeige Teppichböden wechselten sich ab mit echten italienischen Bodenfliesen. Die antiken Möbel waren harmonisch in hellem Holz gehalten. Im wohlverdienten Ruhestand wurde Paul zum „Board of Trustees for Military Foundation" ernannt und darüber war er sehr froh. Diese Aufgabe beinhaltete, dass der ehemalige General alle News der gesamten US-Armee im Internet und in allen Medien verbreiten konnte. Dafür hatte er sich ein Teil seines Hauses als Büro umfunktioniert hatte. Diese Arbeit erledigte er von zu Hause aus und er war froh, noch eine befriedigende Beschäftigung zu haben. Er hätte es nur schwer verkraftet nach seiner langen Karriere und nach seinem unsteten Leben im Dienste der Armee plötzlich nicht mehr arbeiten zu dürfen.

Die Kinder waren schon lange aus dem Haus und hatten ihre eigenen Familien gegründet. Drei Enkelkinder waren geboren und ein viertes unterwegs. Es war ruhig geworden in dem schönen, großen Haus, welches sein Arbeitgeber die US-Armee dem General zur Verfügung stellte. Der Vier-Sterne-General genoss viele Privilegien. Einen großen Jeep-Geländewagen und eine kleinen Van für seine Frau. Es fehlte dem Ehepaar an nichts. Der General wurde oft eingeladen, um Reden zu halten über sein Leben in seiner aktiven Zeit, denn er war ein begnadeter Redner. Er musste niemals von einem Manuskript ablesen.

Seine Reden waren emotional, einfühlsam und bescheiden und offenbarten eine große Liebe zu seiner US-Armee. Sein Publikum, das sich überwiegend aus Armeegästen zusammensetzte, dankte ihm oftmals mit rauschendem Beifall und Standing Ovations. Und zudem wurde er auch noch gut bezahlt.

Er gab einmal wöchentlich Unterricht für die „Plebs", die Neuankömmlinge an der Militärakademie, denn er genoss dort große Achtung und war ein Vorbild. Jeder kleine Kadett träumte von einer Karriere wie der seinen.

Das unstete militärische Leben hatte ihn jung und körperlich fit gehalten. Er kam viel herum, war oft lange im Ausland tätig. Er wurde überall freundlich empfangen und bekam viele Ehrenabzeichen, verbunden mit dem Abschreiten der Ehrengarde. Er erhielt die höchste Auszeichnung, die der amerikanische Präsident vergeben kann: Die PRESIDENTIAL MEDAL OF FREEDOM.

Paul musste als Mitglied der „Joint Chiefs of Staff" allerdings auch an vielen Kriegsfronten kämpfen, unter anderem in sehr jungen Jahren in Vietnamkrieg. Er bekam dafür die Vietnam Service Medal und genoss später als „Vietnam Veteran" besonders hohes Ansehen.

Dennoch trauerte er insgeheim diesem Leben nach. Es war eine einschneidende Veränderung in seinem Leben eingetreten. Er war kein Mann, der seinen Ruhestand genießen konnte.

Während seiner aktiven Militärzeit litt er nicht sehr unter den langen Trennungen von seiner Familie. Er freute sich vielmehr auf das Nachhausekommen, war dann aber froh, wenn er wieder wegkonnte. Er war gemacht für das Militär. Über vierzig Jahre arbeitete er für die US-Armee, ohne dass ihn die Arbeit jemals ermüdet hätte.

Nun aber war er viel zu Hause in diesem hochherrschaftlichen Haus und arbeitete in seinem Büro. Das war sein Rückzugsort, wo er nicht gestört werden durfte. Die inzwischen große Familie brachte gelegentlich viel Unruhe ins Haus. Immer war eine Tochter oder eine Schwiegertochter mit Enkelkindern zu Besuch. Die Enkelkinder tobten dann lärmend durchs Haus. Paul setzte sich an seinen Schreibtisch und begann mit der Verteilung der Militärnachrichten im Internet.

Der General wollte allerdings unbedingt hinter seiner seriösen und integren Maske etwas verbergen. Es war seine starke sexuelle Neigung zum weiblichen Geschlecht. Da er eine starke Anziehungskraft auf Frauen ausübte, musste er sich immer wieder am Riemen reißen und auf der Hut sein. Der gut aussehende General versuchte seinen triebhaften Wunsch zu verbergen, mit vielen interessanten und schönen Frauen schlafen zu wollen, die immer wieder versuchten, ihn zu verführen.

In Südkorea, Vietnam, Somalia oder Kolumbien und anderen weit entfernten Ländern konnte er seine Neigung ausleben, ohne seinen Ruf oder seine Ehe aufs Spiel zu setzen. Dort war es leicht, sein Privatleben unter Verschluss zu halten. Was er in seiner Freizeit tat, ging keinen etwas an.

Nun aber, seitdem er seine Uniform abgelegt hatte, änderte sich sein Leben völlig.

Plötzlich klopfte es leise an der Türe.

„Paul, da ist ein Veteran aus deiner Militärakademiezeit gekommen. Er hatte sich nicht angemeldet", sagte seine Frau. „Willst du ihn empfangen, möchtest du mit ihm sprechen?"

Paul schloss blitzschnell seinen Laptop mit den lasziven Webcam-Girls. Jene Webcam-Girls, die er mit 95 Prozent der Hetero-Männer im Internet teilte. Er genoss es, sich von Zeit zu Zeit heimlich schöne erotische Frauen anzuschauen. Heiße Szenen, in der sich junge nackte Frauen in erotischen Posen vor der Kamera räkelten.

„Verdammt", sagte der General leise und laut: „Komme gleich, Darling!"